Caroline Bouffault

THELMA

Roman

FUGUE

FÉVRIER

Montée des eaux

Deux litres et demi en trois quarts d'heure, la crue menace. Des gouttelettes se forment sous les aisselles et sur la poitrine plate de Thelma. La contraction de ses muscles lui rosit le front et les joues, tant mieux, ça lui donnera bonne mine. Pour économiser ses pas, elle coupe à travers le terre-plein, pose les pieds le plus souplement possible sur la pelouse puis le bitume du parking – ni secousse ni mouvement brusque. Elle sonne en face de la plaque du généraliste, attend la vibration du déverrouillage, pousse le panneau de verre dépoli. L'enclume qui distend son bas-ventre irradie dans son abdomen et envahit le haut de ses cuisses. Les rates et les appendices explosent, les vessies peut-être aussi. En habituée, elle ne se présente plus à l'accueil. Biscotte la salue avec une information de mauvais augure, installe-toi Thelma, le docteur Meunier a pris un peu de retard.

Consternation. C'est combien, un peu? Son ventre est au supplice, sa marge minuscule. Sur la droite du couloir, à trois mètres à peine, un panneau cuivré flèche les «Commodités». Elle résiste. Dans la salle d'attente vide, elle s'assied, croise les jambes et passe ses doigts contre son legging, par-dessous, pour souder ses lèvres l'une contre l'autre à travers le tissu. Normalement, cela diffère l'envie d'uriner, mais dès qu'elle retire sa main, la pesanteur réapparaît. Se changer les idées. Son portable ne dispose plus que de cinq pour cent de batterie. Elle attrape *Grazia* sur le présentoir en plexiglas. Quelqu'un a rempli le test « Quelle amoureuse êtes-vous ? » au stylo vert, à côté de ses réponses de la semaine dernière. Ils n'ont rien coché de commun, mais comme elle avait calculé son compte pour tomber sur « Amante fusionnelle », difficile de tirer des conclusions. Elle se demande qui est l'autre. Peut-être quelqu'un de son lycée, un alter ego en liberté surveillée.

Tout en elle sue. Son corps cherche à se débarrasser de l'excès de liquide par tous les moyens. Combien de litres peut-on perdre par la transpiration ? Est-ce que le poids de l'eau reste sur la peau ? Quelle proportion s'évapore ?

Elle ne veut pas qu'ils se méfient. Surtout qu'ils n'ont *pas* de raison de se méfier ! Elle va de mieux en mieux.

Elle appuie plus fort sur son entrejambe. Elle aurait dû apporter un carnet pour réfléchir à la dissert. Le prof avait l'air si fier de son sujet. *Un personnage de roman doit-il être admirable pour intéresser le lecteur ?* À côté de Thelma, Violette a mimé le suicide par balle, Thelma a promis de l'aider pour le plan, elles s'appelleront ce soir. Dans trois minutes, elle se pisse dessus. Est-ce que le docteur la pousse dans ses retranchements ? Ce serait tellement dommage qu'il soupçonne quoi que ce soit. Elle qui fait tout ça pour eux !

Eux : les adultes qu'il faudra remercier le jour où. Parents, médecin, gynéco, psychiatre. Guérir, c'est aussi pour elle, bien sûr. Elle le sait – évidemment. Elle est en bonne voie. L'horizon s'éclaircit, ses tripes ne mentent pas. C'est pour ça que si la balance affiche deux kilos de moins qu'attendu, la claque sera terrible ; et tellement injuste, après ses efforts des dernières semaines ! On s'inquiétera. On renforcera la traque. On ne la croira plus. Et si on ne la croit plus, elle n'y croira plus non plus. L'élan s'arrêtera net, la vraie vie s'éloignera un peu plus. On prendra des mois, peut-être des années dans la vue.

Elle ne peut pas s'offrir, pour le moment, le confort de la vérité. Elle doit arranger la réalité pour placer toutes les chances de son côté, le temps de rattraper le chiffre officiel. Le problème n'est pas l'évolution, mais l'étalon de départ.

Avec le printemps, les températures deviennent plus clémentes. L'an dernier, à la même saison, elle compensait l'adoucissement de la météo par un durcissement de son programme d'exercice physique. Les calories que son corps ne brûlerait pas pour se maintenir à trente-sept degrés devaient être dépensées autrement, deux kilomètres de course en plus, une série supplémentaire d'abdos. Un an plus tard, la méthode lui apparaît barbare – preuve qu'elle en a fini avec les stratégies tordues.

Il n'y a qu'à la voir à la cantine ! Ce midi, alors que personne n'exigeait rien d'elle, Thelma a demandé du sucre à sa voisine. Violette, volant par-dessus les tables, aurait récupéré le sachet de sucre comme on rafle une pépite. Mais sa meilleure amie était assise trop loin pour entendre. Moins bon public, Solène a englouti son liégeois sans décoller une fesse, et Thelma a dû aller se servir elle-même dans la queue du self. Pas grave. L'essentiel était qu'un témoin, même récalcitrant, la voie déchirer le sachet et répandre quelques grains sur son Activia 0 %. Seule, elle n'y serait pas arrivée.

Cette transpiration intempestive l'inquiète. Il faudrait reprendre quelques gorgées à la fontaine à eau, compenser. Elle n'a pas de récipient sur elle, c'est Biscotte, la secrétaire au visage cramé par les U.V. qui distribue les gobelets. Thelma se lève, sonde le contenu du bac à jouets. Pas de dînette. Elle saisit la coque poussiéreuse d'un voilier Playmobil, s'approche de la fontaine, remplit sa coupe de fortune, porte le plastique à ses lèvres : l'équivalent d'un demi-verre à moutarde, pas plus, de quoi rétablir l'équilibre. Elle se rassied, soulagée, honteuse et vaguement inquiète : si elle allait se coller une gastro ? Autrefois, elle se serait félicitée d'une bonne diarrhée, mais elle n'en est plus à espérer se vider par les moyens les plus gore. C'est bon signe. Elle repose le bateau à l'envers, comme faisait sa mère avec les jouets de bain de Billie. Elle se remet à serrer et desserrer son sexe à intervalles réguliers pour provoquer la décharge électrique qui atténue l'envie.

Le docteur raccompagne une dame âgée à la porte. Thelma se lève, l'abdomen gonflé comme un bébé somalien sur les posters d'Opération Bol de Riz.

Le médecin ne remarque rien. Comme d'habitude, il est obsédé par l'écran digital sous les chaussettes de Thelma.

— Quarante-trois. Ça ne bouge pas beaucoup. Tu prends tes vitamines ?

— Oui.

Non. Elle en a décortiqué la composition. L'excipient qui enrobe les gélules finit en *ose*, du sucre en embuscade. Elle a trouvé ça mesquin de la part de Meunier, une trahison un peu minable. De toute façon, elle ne lui fait pas confiance, il est à la solde de ses parents et ne se donne même pas la peine de prétendre le contraire.

— Et le fer ?

— Aussi.

Comme si elle avait le choix. Une fois par mois, une prise de sang contrôle son taux de ferritine. Sa mère a prévenu :

c'est ça ou de la viande rouge. Du coup, c'est ça. Quelques gouttes tombent dans sa culotte. Elle demande si elle peut y aller, une tonne de devoirs pour demain et une dissert à commencer.

— Ça carbure toujours, au lycée ?

— Oui, ça va.

— Le travail scolaire, c'est important, Thelma, mais moins que ta santé.

— …

— Bien. À mercredi prochain, même heure ?

Elle a envie de vomir tellement son ventre la fait souffrir, elle transporte une boule de feu sous sa peau. Elle n'arrivera jamais jusque chez elle. La secrétaire lui ouvre la porte avec une lenteur qui confine au sadisme. La route qui borde le parking du cabinet est passante, avec l'arrêt de bus qui dessert un lotissement récent, la boulangerie et le bureau de tabac juste à côté.

Le jet rebondit sur le goudron entre ses jambes. Elle n'en finit pas de se vider, accroupie, fesses à l'air, exposée, ridicule. Une dame s'écrie *C'est quand même malheureux !* et dans la voix pointue, Thelma croit reconnaître la mère d'une copine de Billie. Elle garde la tête baissée, les yeux par terre, sur la rigole qui s'élargit autour d'un pneu de voiture et mouille ses baskets. Sa honte lui coule le long du nez. La dame est partie.

Quinze ans et demi, et pisser sur des parkings.

Terminé.

Mercredi prochain, elle expliquera les deux kilos usurpés, cette dette qu'elle traîne depuis des mois comme un boulet. Elle se fera engueuler, mais on repartira sur des bases saines.

Elle calcule. Avec tout ce qu'elle vient d'évacuer, elle doit frôler les quarante et un. Presque quarante. Un jour, peut-être, son poids commencera par un trois. Le chiffre provoque une chair de poule délicieuse, comme un film d'horreur qu'on voudrait mettre sur pause, mais qui vous happe jusqu'au générique.

Le remplaçant

— On ne prend pas racine dans le vestiaire, svp !

Le vendredi matin, « à la fraîche », monsieur Faroy attend ses élèves à huit heures sur le terrain multisports. Il est arrivé en cours d'année, quand Marchand est partie en congé maternité. Jusque-là, en cours d'EPS, la seconde C frappait mollement des volants de badminton dans un gymnase surchauffé. Avec le rugby mixte, on a changé de division. Les exhortations viriles du prof galvanisent Thelma : « Allez les chochottes, on se met en jambes, roulade dans la boue, c'est bon pour vos pores ! » Dès les premières minutes d'échauffement, elle jubile. Les filles se rebiffent, les garçons se bidonnent, Thelma exulte. Elle ne petit-déjeune pas le vendredi pour ne pas s'alourdir d'un ramequin de muesli. Faroy l'aime bien, c'est sensible. Il l'encourage à profusion, dans son style martial. À chaque touche, il lui fait l'ascenseur, à elle toujours. Il se place dans son dos, à son signal elle saute, les grandes mains du prof la soulèvent sans effort, et elle s'envole au-dessus du terrain. Il ne râle pas si elle rate le ballon.

Dans le vestiaire des filles, à la sortie des douches, les corps se croisent. Thelma connaît la plupart de ses camarades depuis le collège, et certaines, comme Violette, depuis le primaire. Elle a vu les silhouettes se modifier, les formes apparaître en ordre dispersé, des seins pointer sous les T-shirts avant de se remplir, des fesses présenter soudain des grumeaux disgracieux, des cuisses s'envelopper, des hanches s'élargir jusqu'à laisser deviner un commencement de bourrelet au-dessus de la ceinture. Sur ses copines, elle trouve ça immonde, mais ça la dégoûte moins que sur elle. Les autres se sont résignées. Régulièrement, à grand bruit, elles entament des régimes fantaisistes, aussi radicaux qu'éphémères.

Plus elles se montrent velléitaires, plus la détermination de Thelma s'accroît. Dans leur faiblesse, elle puise sa force. Au début, ses camarades admiraient son opiniâtreté, on louchait sur l'étiquette de son jean, on spéculait : c'est du 23 ou du 24 ?, le creux entre les cuisses, surtout, les faisait fantasmer, elles qui, jambes serrées, ressemblaient à de gros pylônes matelassés de téléphérique. Thelma fascinait. Cela ne lui déplaisait pas. Elle avait connu une période de grâce, où de prétendus photographes l'abordaient dans la rue. Cela s'était produit deux fois de suite, à un mois d'intervalle, et dans la foulée Violette lui avait échafaudé un plan de carrière : Thelma ne devait pas laisser passer sa chance. Les gens, à cette époque, s'imaginaient volontiers que Thelma rêvait de célébrité. Actrice, mannequin, influenceuse? Le fond de l'affaire leur échappait. Au fond, il leur échappe toujours.

Thelma elle-même a été la spectatrice complaisante d'un putsch sur son cerveau. Un tiers s'est emparé des manettes. Par curiosité, pour voir, le peuple a ouvert les grilles. Une force insaisissable s'est mise à traquer tous ses faits et gestes. Ne craque pas, n'avale pas cette merde, ne les écoute pas, cours plus vite, encore cinquante squats, ne t'arrête pas si tôt, dépasse la douleur, bats-toi pour ton futur, ne gâche pas tout.

Un despote éclairé, un Entraîneur dur mais juste œuvre à son avenir. Un brillant avenir ! C'est un homme. Une femme ne déploierait pas pour elle une telle dévotion, et Thelma serait moins sensible à son aura. Et puis, d'une voix et d'une volonté féminine, elle pourrait bien ne plus se dissocier.

Les exigences de l'Entraîneur régissent, depuis dix-huit mois, la vie de Thelma. De manière aussi imperceptible qu'inexorable, le nombre de lois à respecter s'est accru. Aucune contrainte, prise isolément, n'apparaît insurmontable ; aucun refus n'est recevable.

Dès la rentrée en seconde, plus personne n'a voulu ressembler à Thelma, Thelma qui nageait dans son 25, ne portait pas de soutien-gorge, Thelma dont les règles avaient disparu aussi vite qu'elles étaient arrivées. Qu'on ne la regarde plus comme un modèle à suivre, elle en a pris son parti. Au moins, on la regarde encore. Étrange créature de Tim Burton, sculpture vivante de Giacometti.

Elle peine à mesurer sa transformation physique, car elle ne la ressent pas. Intellectuellement, elle en accepte les preuves matérielles, un chiffre sur une balance ou une taille de vêtement, mais en elle quelque chose d'irréductible, de têtu, d'inaccessible à la raison, refuse de s'approprier ce que démentent aussi catégoriquement ses sens.

Elle souffre pourtant de faire souffrir ceux qu'elle aime. Parfois, la culpabilité atteint un niveau si insoutenable qu'elle envisage de se soumettre entièrement à l'Entraîneur, pour arrêter de faire le grand écart, cesser de lutter.

Un jour, dans le cabinet de Soreil, après une interrogation banale dont elle ne se rappelle plus les termes exacts, elle a lâché l'Entraîneur comme on livre un complice. Le psychiatre l'a submergée de questions. Il s'est montré plus insistant qu'à l'ordinaire, et elle a eu le sentiment qu'il ne s'adressait plus à elle, mais bien à lui, et qu'elle leur servait juste de médium. Sans ménagements, Soreil a cuisiné l'Entraîneur, et les explications qui transitaient par la bouche de Thelma résonnaient piteusement à l'oreille. D'être mis à nu, brusqué, l'Entraîneur a rétréci. La divulgation de son existence au-dehors a affaibli son pouvoir au-dedans. Le simple fait que quelqu'un d'autre – un adulte, un médecin ! – le considère comme un parasite, et non comme le noyau, accrédite l'idée en Thelma qu'elle s'en débarrassera un jour.

Cela fait naître, chez elle, autant d'espoirs que de craintes. Elle n'a pas fait grand-chose de ses quinze ans sur terre. Elle n'a rien construit, ni même commencé en dehors de cette maladie. Qu'arrivera-t-il si on lui arrache le cœur de sa personnalité, ce qui la constitue ? Que devient-on quand on vous démantèle ? Que reste-t-il ?

Pendant qu'elle passe des heures à étudier les rubriques nutrition des sites féminins, à retenir le nombre de calories aux cent grammes du pamplemousse (39) et de la banane (90), à réaliser des recettes de cuisine pour en gaver sa sœur et ses parents, les autres adolescents se découvrent des talents, expérimentent dans tous les domaines. Thelma consume toute son intelligence, investit tout son temps dans l'anorexie. Si le mal disparaît, alors quoi ? Qu'est-ce qui tient les autres, toute la journée ? Quel est l'objectif ?

Thelma ne croit pas en Dieu. Elle a essayé de se forcer, mais elle ne peut pas faire un coup pareil à ses parents – pas en plus du reste.

La Liste

— Ce mec est un malade mental ! Il a plu toute la nuit et il fait trois degrés ! Sur la vie de ma mère je n'avais pas cette marque ce matin, je la prends en photo direct.

Dans les vestiaires, Thelma prête peu d'attention aux récriminations d'Inès ni à ses gesticulations grotesques pour photographier l'arrière de sa cuisse avec son téléphone portable. C'est toujours la plus vindicative, parce que Faroy a repéré sa tendance à tirer au flanc et qu'au lieu de l'engueuler, il la submerge de conseils personnalisés, comme s'il comptait lui faire passer une sélection officielle pour le XV de France d'ici la fin de l'année.

— La prochaine fois, au premier placage, je me barre.

— Sauf si c'est Thomas, rigole Manon.

— Bonne blague, dit Inès que ça n'a pas l'air d'amuser outre mesure.

Elle interrompt ses jérémiades le temps de plonger la tête en bas pour finir de se sécher l'arrière du crâne avec sa serviette. En se relevant, elle attaque sur un autre front :

— Avec ce qu'il fait à Thelma, en plus !

Elle s'adresse apparemment à Manon, mais parle suffisamment fort pour que toutes entendent.

— Thomas ? s'étonne Manon tout en formant une boulette à partir des cheveux châtains accrochés à sa brosse.

— Mais non, pas Thomas ! Le prof !

Elle pivote vers Thelma d'un air théâtral, vérifie qu'elle jouit d'une attention sans partage, et déclare, le ton grave :

— Franchement Thelma, il faut signaler, là.

Thelma ne répond pas, mais Inès n'a besoin de rien pour s'échauffer.

— Vous n'êtes pas d'accord ? Tous les vendredis, il la tripote !

— Il ne la tripote pas, il lui fait faire les touches, proteste Violette en roulant les yeux.

— Elle a raison, rigole Sybille. Qu'est-ce que tu veux qu'il tripote, exactement ? S'il était obsédé, il choisirait une vraie meuf, enfin avec des formes, toi, moi, ou même n'importe qui, mais pas Thelma. Faire ça à Thelma, ça prouve que ce n'est pas un obsédé !

En proclamant le statut hors norme de Thelma, Sybille offre à l'Entraîneur une distinction publique. Que la reconnaissance provienne d'une fille léthargique qui ne ferme pas un 38 amoindrit à peine le compliment. Pourtant, le flash de satisfaction qui traverse Thelma ne dure pas. Elle ne se réjouit pas à l'unisson de l'Entraîneur, une part d'elle est déconfite, vaguement humiliée. Elle enfile ses ballerines sans lever la tête et ne voit pas qui persifle :

— Les pédophiles, ça aime aussi les petits garçons.

— Vos gueules, conclut Violette, on est à la bourre pour l'anglais.

Violette et Thelma traversent ensemble la cour du lycée pour rejoindre les laboratoires de langue.

— Décérébrées, les trois, laisse tomber, murmure Violette.

Thelma hausse les épaules.

— Comme s'il risquait de choisir Sybille, ajoute Violette, tout à coup hargneuse. Tu crois qu'il a envie de se péter le dos à chaque match, Faroy ?

Les filles de la classe manifestent toutes, à des degrés divers, une animosité latente à l'égard de Thelma. Violette est le pont qui lui permet de ne pas se retrouver totalement isolée ; un pont n'a pas à entreprendre d'action suicide.

— Ne va pas leur dire ça, clarifie Thelma au cas où.

— T'inquiète.

Dans le cours qui suit la séance de rugby, l'ambiance est habituellement calme, les muscles au repos. Aujourd'hui pourtant, une agitation parcourt les tables du fond, un papier circule de main en main accompagné de rires étouffés.

— *Surely the whole class would love to know what's so funny. Thomas, would you please read it aloud for the rest of us?*

Thomas lève des yeux affolés sur Big Bern.

— *Was my request unclear?*

Thelma hésite entre compassion et curiosité. Justin aurait-il fait circuler les *Péripéties de la seconde C* en plein cours ? Chaque nouvel épisode est attendu comme le dernier *Sex Éducation* sur Netflix. Toute la classe fait mine d'adorer être mise en scène dans ces chroniques humoristiques, quand bien même les rôles les plus avantageux sont réservés aux potes de l'auteur et les autres relégués à la figuration. Mais l'expression de Justin, assis à la rangée derrière Thelma, une table sur la droite, ne trahit pas de culpabilité particulière. Il semble tout au plus un peu anxieux, au même titre que ses voisins, dans l'attente du dénouement.

Big Bern réitère sa demande de lecture publique. Les visages atterrés autour de Thomas qui persiste dans son refus muet laissent présager un contenu accablant. La prof tend la main, paume ouverte. Un silence d'interro surprise règne dans la classe. Big Bern finit par dégager le papier d'un coup sec.

— Mais il s'agit d'une œuvre collective ! Qui sont vos co-auteurs, Thomas ?

L'emploi du français par Mrs Bernard atteste de la gravité de la situation. Thomas baisse le nez sur la table et bafouille *I'm sorry, it was a joke, I don't remember who has participated.*

— *A joke, I see.* Apportez donc votre liste à monsieur Charpentier, qu'il rie un bon coup. Je vous verrai dans son bureau à la fin du cours. Violette, je vous prie, escortez notre comique chez le proviseur.

À l'interclasse, il n'est question que de la Liste. Charlie crache le morceau, mi-ennuyé, mi-fanfaron : « Pas la peine de s'exciter, c'était pour rigoler… On vous a classées "pour coucher" ». Il bat l'air de ses longs bras : « Mais si ça vous vexe, faites pareil, les meufs, on ne demande pas mieux, ça sera instructif. »

Inès rit très fort et réclame que l'on divulgue le trio de tête. Violette traite Charlie de puceau à petite bite.

— Pourquoi ça t'énerve autant ? s'étonne Thelma. Il t'a montré la Liste ?

Violette acquiesce lentement.

— Et donc ? poursuit Thelma.

— Arrête, on s'en balek !

— C'est toi qui as l'air de trouver ça important.

— Pas du tout.

— À quoi tu joues ? Allez, c'est bon, dis rien.

Violette rattrape Thelma avant qu'elle ait atteint la barrière en bois où elles s'asseyent souvent pour dominer la situation.

Hors classement.

Thelma est d'abord décontenancée. *Hors classement,* aux côtés de Marina, qui a fait son coming-out à la rentrée.

— Ce con m'a dit : « Ta pote, on aurait peur de la casser », accouche finalement Violette, l'air désolé.

Thelma est sonnée. L'Entraîneur, exaucé au-delà de ses espérances. Il a façonné une créature asexuée.

— Il a dit aussi : « C'est dommage, avec le visage qu'elle a. » Même « le beau visage », je crois.

— Et toi ?

— Quoi, moi ?

— C'est quoi, ton rang ?

— Mais t'es grave, ma parole, on s'en fout !

On s'en fout peut-être, mais Violette termine troisième, juste derrière cette pouffe d'Inès et Sybille qui a des seins depuis le CM1.

La casser.

Sans jamais discuter ni crier grâce, elle se soumet aux exigences toujours plus sévères de l'Entraîneur. Y en a-t-il seulement un, parmi cette bande de glands, qui réussirait à s'astreindre à la même discipline ?

La casser ! Et quoi encore ?

La résistance de Thelma les confondrait.

À la fin de la fable, c'est le roseau qui triomphe, pas le chêne fat et boursouflé. Le chemin reste long. Elle continuera à travailler.

Home sweet home

Thelma laisse choir son sac à dos dans l'entrée, s'engouffre dans sa chambre et ferme la porte. Elle se cale contre le bord du lit, allonge les jambes sur les bouclettes de la moquette et éjecte ses ballerines d'un frottement de la pointe du pied contre le talon. Normalement, elle s'abstient de toute activité physique le vendredi soir, le rugby l'épuise suffisamment pour que l'Entraîneur lui octroie une pause, mais aujourd'hui elle est trop perturbée pour rester immobile. Elle passe une brassière de sport et un legging noir. Lorsqu'elle redescend dans le salon, Billie se lamente :

— On devait jouer à la console !

— Je n'en ai pas pour longtemps, on jouera après.

— Je t'accompagne à vélo alors.

La sœur de Thelma peut s'accrocher comme une lente.

— Non.

— Mais pourquoi ?

— Parce que ! La nuit va tomber et c'est trop pentu !

— T'auras qu'à me pousser dans la montée.

— Je suis trop fatiguée.

Miracle, Billie capitule. Thelma lace ses baskets, branche des écouteurs sur son téléphone et lance Runtastic.

Hors classement.

À qui doit-elle l'élégance de ne pas finir quinzième ? Qui a pensé à créer, pour Marina et elle, un statut à part ?

Toutes les discussions des semaines suivantes porteront sur le détail des délibérations. Justin se fera un plaisir de raconter le duel entre Thomas et Big Bern dans le prochain épisode de sa série. Chacun saura que Thelma Gardel appartient à la catégorie rare des êtres asexués.

Les lampadaires de la rue s'allument alors qu'elle quitte le lotissement sous le regard de Billie, qui s'est avancée jusqu'au portail dans ses chaussons.

Peu de garçons commentent l'apparence physique de Thelma. Si peu qu'elle s'est parfois demandé s'ils s'étaient rendu compte de quoi que ce soit. Si c'était de la diplomatie, ces imbéciles se sont bien rattrapés. Alors qu'elle commence à aller mieux, ils l'enferment à contretemps dans ce statut de malade dont ils semblaient jusqu'ici ne pas avoir conscience ; ils lui tiennent la tête sous l'eau au moment où elle cherche à reprendre de l'air. Est-ce qu'ils ne sont pas fichus de repérer les signes d'une amélioration? Elle ne parle jamais de ce qu'elle traverse. Que savent ses camarades? Que voudrait-elle qu'ils sachent?

Une voiture approche, plein phares. Elle détourne les yeux vers le talus à droite pour ne pas être éblouie, le véhicule passe très près. Heureusement que Billie n'est pas venue. C'est vrai qu'elle lui avait promis de jouer à la Switch.

Rien à tripoter… Un petit garçon.

Elle accélère dans la pente. En haut de la côte, elle consulte son téléphone. Cinquante-cinq minutes qu'elle est partie. Au moins trente, encore, pour le retour.

Elle ne peut pas laisser cette histoire l'atteindre. Elle doit tendre vers un seul but.

Que faire pour qu'on lui renvoie l'image dont elle a besoin pour guérir? Est-ce qu'il faut qu'elle annonce, platement : «Je vais mieux»? Elle le dit déjà. Elle ne dit que ça en réalité, même si c'est de manière subliminale, sans mots, ce *je vais mieux*, elle le répète tout le temps – pour convaincre les autres, valider dans leurs yeux le chemin parcouru, pour prendre de l'élan, les obliger à desserrer les pinces qui la retiennent en arrière.

Elle termine sa course épuisée, mais pas encore apaisée. Le jardin est éclairé. Son père, en manteau dans la véranda, porte le dessous-de-plat en bouchons de liège. Cécilia se tient à côté de lui, juste devant la baie vitrée, bras croisés, et la double ride verticale qu'elle déteste prolonge son nez jusqu'à la racine des cheveux.

— Billie nous a dit que tu étais sortie à dix-sept heures quarante-cinq, dit Thierry quand Thelma pénètre dans la pièce. Ça fait une heure et demie que tu cours ?

Ils ne s'écartent pas et elle en est réduite à les contourner. Derrière eux, la table est dressée pour le dîner. Sa mère crie dans son dos :

— Et tu as eu rugby ce matin ! Ma parole, tu cherches vraiment à te tuer ?

Ce ton, cette question, c'est trop. Trop de provocations pour une seule journée, trop d'hostilité à son égard, jusque dans sa propre famille, de la part de ceux dont elle est en droit d'espérer autre chose. Du réconfort, par exemple. Est-ce que c'est trop demander ? Ni son père ni sa mère ne cherchent à savoir pourquoi elle est partie courir – ils sont si sûrs de connaître la réponse ! Depuis un an, on ne permet à Thelma aucun autre problème que Le Problème.

Elle s'effondre exactement comme il ne faudrait pas et sanglote à la manière d'une gamine prise en faute, d'un gros bébé. Pas la force d'expliquer. Qu'y a-t-il à expliquer, de toute façon ?

— On t'attendait pour passer à table.

Thelma est atterrée. Ils savent parfaitement qu'elle ne peut pas aborder un repas dans cet état : agitée, sale, transpirante, sans le plus petit sas de préparation mentale, pas *prête* ! Entre deux hoquets, elle quémande un délai, cinq minutes, une douche.

On ne lui accorde même pas ça.

Elle prend place devant son assiette. Son désarroi n'est pas feint. Il lui est *physiologiquement* impossible d'avaler quoi que ce soit, au risque de s'étrangler. Son père multiplie les allers-retours vers la cuisine. Sa mère oriente ostensiblement le buste en direction de Billie, qui rit à des blagues de Toto ou d'*Astrapi* sans qu'on puisse déterminer si elle est étanche à l'humeur générale ou si elle cherche à alléger l'atmosphère.

Tous les autres ont terminé leur assiette depuis de longues minutes quand l'ordre fuse :

— Ça suffit. Sors de table.

L'injonction de Cécilia contient une telle agressivité que Thelma en est ébranlée. Son père essaie de la retenir, mais c'est trop tard, ils ne se sont pas consultés, l'autorisation a été accordée, et Thelma se retranche dans la salle de bains. Au loin, le babillage de Billie s'interrompt. Des couverts sont déplacés avec brusquerie. Une porte claque.

Thelma défait sa queue de cheval, démêle du bout des doigts la masse brune mi-longue qui s'en échappe et scrute son image dans la glace. Les joues creusées sous les pommettes saillantes, le front large, le nez court et sans défaut, le menton pointu. Rougis par les larmes, ses yeux jaillissent de son visage. Thelma aime leur permanence. Alors que tout en elle se transforme sous l'effet de forces malveillantes, eux n'ont payé aucun tribut à la puberté ni à la résistance. Le pourtour doré de la pupille se fond dans un vert mousse contenu par un épais trait noir. « Ça sera ton plus bel atout », avait décrété sa mère autrefois – remarque que Thelma, cinq ou six ans à l'époque, avait stockée pour plus tard. Mon petit lémurien, disait parfois Thierry.

De profil, avant d'entrer dans la douche, elle vérifie le parfait alignement de son torse et de son abdomen sur un axe vertical. L'Entraîneur la félicite : deux heures de rugby, seize kilomètres de footing, une crise de larmes et un dîner sauté, rien à redire pour aujourd'hui.

Au petit déjeuner, Cécilia Gardel apparaît d'excellente humeur. La mère de Thelma porte une robe plissée sur des bottes de cuir beige et de longues boucles d'oreilles colorées. Elle détaille à son mari ses ambitions de développement pour Chemins de Campagne, sa boutique de meubles de jardin qu'elle voudrait repositionner sur le très haut de gamme, teck et métal uniquement, pour ne plus courir après le volume. Thierry Gardel sirote son café en hochant la tête et propose son aide pour le business plan. Thelma remplit de Frosties le ramequin de Billie et se sert du thé.

— Tu travailles ce matin, Thelma, ou tu accompagnes maman au magasin ? demande son père.

— Violette vient préparer le DS de maths.

— Ah ! très bien. Elle s'en sort comment, en ce moment ?

Thelma hausse les épaules. Violette s'en sort mal, pas la peine de s'étaler sur le sujet. Ses parents ont divorcé l'an dernier, juste après le déménagement de Lucas en Bretagne. En un trimestre, la vie de Violette n'a plus ressemblé à rien : une famille désintégrée, plus de mec. Le travail scolaire a été rétrogradé assez loin dans ses priorités.

Elle propose de s'occuper du pain pour midi.

— N'achète que deux baguettes, croit bon de préciser sa mère, tu en prends toujours trop, le congélateur déborde. Au fait, un couple passera peut-être en fin de matinée pour repérer les amphores, ne mettez pas de bazar dehors, hein ?

— Ça ne va pas ? interroge Violette, à peine arrivée.

— Mes parents, marmonne Thelma en refermant la porte.

— Y a autre chose.

— Non non.

— Arrête. C'est pas cette histoire de classement, au moins ?

Thelma soupire :

— C'est vraiment chiant.

— Je ne vois pas pourquoi, décrète Violette avec une mauvaise foi qui frise l'œuvre d'art. T'avais l'intention de sortir avec Thomas ?

— Ha ha.

— Un de ses potes ?

— Mais non !

— Donc c'est ce que je dis : on s'en fout.

Thelma apprécie les efforts de Violette pour dédramatiser. Elle aimerait réussir à expliquer que son exclusion de la Liste-des-bonnes-meufs-avec-qui-coucher entérine une victoire et un échec, mais elle ne sait pas comment formuler les choses, comment dire que ce que crie cette liste c'est *Ma pauvre fille, n'essaie même pas, c'est perdu d'avance.* Leur amitié comporte une étiquette qui proscrit l'usage de certains mots, au premier rang desquels *redoublement* et *anorexie.*

— Thelmouille, tu ne vas pas chialer ?

Violette l'enserre dans ses bras et Thelma réussit à ravaler le gros de ses larmes. Elles restent un moment l'une contre l'autre, puis Thelma se dégage.

— Je vais chercher le livre de maths.

— Je peux savoir pourquoi tu te venges sur moi, gémit Violette en cachant mal son soulagement.

Thelma sort une trousse, un cahier de brouillon et le manuel qu'elle ouvre à la page du cours sur le sens de variation des fonctions de référence. Elle accorde à Violette cinq minutes pour se rafraîchir la mémoire sur le *Je retiens.*

— Tu vas comparer $(-1,3)^2$ et $(-5,2)^2$.

Violette sélectionne un stylo-bille à pointe rose et garde la languette du capuchon entre les dents pour mordiller le plastique. Thelma réfléchit à une consigne plus difficile, avec une fonction inverse, mais pas trop compliquée non plus. D'abord, valider que la base est maîtrisée. Violette note l'intervalle de comparaison et relève la tête :

— Tu sais que le petit trou au bout du bouchon c'est pour que les gens qui l'avalent ne s'étouffent pas ?

Thelma lui lance un regard éloquent. Violette replonge dans la contemplation de l'énoncé.

Tout à coup, Thelma prend conscience que son amie agite le cahier de brouillon devant ses yeux.

— Eh oh, j'ai fini ! Tu pensais à quoi ?

— Je vais coucher avec un mec.

Violette rit.

— Ça te prend comme ça ?

— C'est la seule solution.

— Mais t'es sérieuse, en fait ? C'est pas un peu extrême, comme représailles ?

— C'est toi qui dis ça ?

— Quoi, moi? Hein, mais ça n'a rien à voir! Lucas et moi, on était ensemble. Excuse-moi mais c'est bizarre de décréter ça comme ça. Ça ressemble à une question de fierté.

— Ce n'est pas de la fierté.

Devant la moue sceptique de Violette, Thelma tente une approche différente. Est-ce que Violette se rappelle quand la prof de maths a rendu les copies, la semaine dernière, qu'elle lui a tendu son six sans commenter, sans lui demander si elle avait eu un souci, comme si tout était normal?

Oui, Violette se rappelle, et une insulte tombe à l'endroit des pratiques sexuelles de la mère de la prof. Thelma poursuit :

— C'est autoréalisateur et criminel.

Elle n'est pas certaine de ses adjectifs, mais Violette semble saisir sa pensée.

— Pour moi, c'est pareil, Vio : tant qu'on me regardera comme quelqu'un de malade, je ne m'en sortirai pas.

Jamais elles n'abordent ces thèmes aussi frontalement. Violette a l'air émue aussi.

— Je vais me chercher un verre d'eau, dit Thelma, pour s'éviter un autre épanchement. Tu veux un truc?

Quand elle revient de la cuisine, un gobelet dans chaque main, le livre de maths a disparu, Violette a les deux paumes à plat sur la table et une expression résolue.

— Ça ne sera pas quelqu'un de la classe. On ne va pas mendier ces dégénérés. Laisse-moi le week-end. Lundi matin, j'aurai un nom.

Parures

Lundi matin, Violette n'a pas de nom.

À vrai dire, Violette ne se présente même pas en cours. Son absence inopinée inquiète Thelma : dans sa situation, son amie ne peut pas se permettre de rater le devoir sur table de onze heures.

Thelma, quant à elle, n'avait pas prévu d'affronter seule le premier lundi d'existence de la Liste. La catastrophe, pour l'heure, semble circonscrite : Justin n'a rien commis, le classement n'a pas fuité sur le groupe de discussion WhatsApp de la classe. Mais cela ne signifie pas grand-chose, il existe des dizaines de sous-groupes qui n'incluent pas tous Thelma, et l'incident peut avoir engendré une conversation ad hoc, entièrement consacrée à la Liste. À y réfléchir, les échanges peu fournis depuis la veille constituent peut-être un indice que la discussion s'est déplacée. Est-ce qu'elle affabule ? Thelma tente de ralentir sa respiration, pour maîtriser l'angoisse qui peu à peu la submerge. Elle se raccroche à l'espoir que le proviseur ait chargé Thomas d'étouffer l'affaire sous peine de mesures drastiques. Mais comment savoir ce qui s'est dit dans ce bureau ?

Elle passe la récréation en équilibre sur la barrière de bois qui délimite la cour du lycée. Personne ne s'approche. De son belvédère, elle observe Inès, moulée dans une mini-jupe léopard, se dandiner comme au concours de miss Camping.

Violette surgit une poignée de secondes avant la sonnerie de 10 h 55, les joues écarlates. Son père a oublié de la réveiller avant de partir au bureau, elle a cru rater l'interro – l'appréhension se lit sur ses traits. Thelma se retient de lui poser la question qui l'obsède depuis deux jours.

En classe, la prof distribue sournoisement des sujets différents aux élèves assis côte à côte. Thelma adresse à Violette un sourire encourageant. Pour éviter de démoraliser son amie, elle reste penchée sur sa feuille, stylo-plume débouché, jusqu'au ramassage des copies. Violette, dont le visage n'a pas décoloré depuis son sprint matinal, rend la sienne en dernier, manifestement à regret. Sur le trajet de la cantine, elle tente d'exorciser l'épreuve en récapitulant les sous-questions les plus *imbitables* (Partie II, b, c et d) et celles sur lesquelles elle compte pour sauver les meubles. Thelma la rassure comme elle peut.

Elles pénètrent dans le réfectoire grouillant qui pue le gras chaud. L'aberrant triplé du chef, macédoine, poulet-frites, clafoutis aux cerises dédouane Thelma ; aujourd'hui, objectivement, la barre est trop haute.

— J'ai d'abord pensé à Jean… chuchote Violette en se saisissant du plateau en haut de la pile.

Jean est un élève de seconde A qui partage leur cours d'espagnol. Grand, blond, discret, sympa. Thelma tente de l'imaginer nu, la scène demeure très floue.

— Mais finalement, j'ai mieux : *Marc* !

— Marc qui ? Marc-le-pion ? se récrie Thelma.

— Réfléchis. Avec les mecs du lycée, ça sera laborieux avant, pendant, et même après. Tu devras faire semblant d'être amoureuse, au moins un peu. Alors que Marc, il a quoi ? Vingt et un, vingt-deux ? À vingt-deux ans, tu peux me croire, les mecs n'en sont plus à rédiger des listes.

Violette saisit deux frites du bout des doigts et ricane :

— Imagine la tronche de Thomas quand il apprendra que tu couches avec Marc.

Thelma n'en est pas à imaginer la tronche de Thomas.

— Bon, pas besoin de décider tout de suite, on va déjà se préparer, conclut Violette. T'es libre, mercredi ?

Le mercredi suivant, en tout début d'après-midi, elles se rejoignent dans le bus 76 qui longe la vallée. Elles descendent au terminus place de l'Église et suivent les allées piétonnes jusqu'aux grands magasins. L'expédition comporte un double objectif :

1. équiper Thelma au cas où l'une des variantes du plan Jean/Marc se concrétise,

1bis. parer au cas contraire.

Dans cette dernière éventualité, les *parures* – Violette use du mot sans modération, elle s'en gargarise, ça lui évoque, clame-t-elle, des rivières de diamants et des porte-jarretelles, et on ne va pas se priver d'employer le terme le plus féminin du monde – les parures, donc, serviront de leurres. Chaque vendredi après le rugby, Thelma se rhabillera en tenue sexy. Mais l'air de rien, naturelle, nonchalante, tout ça. L'essentiel n'est pas que tu couches, résume Violette, mais qu'on pense que tu couches. Thelma ne peut s'empêcher d'être piquée au vif.

Violette fouille dans les portants. Tu veux quoi pour le bas ? Culotte haute, shorty, tanga ? Pas un string, si ? Quelle couleur ? En dentelle, hein ? Thelma répond à la volée, un peu au hasard.

— XS ? poursuit Violette, l'air presque détaché, comme si la question ne portait pas en elle un fardeau de signification.

Elles embarquent du XXS aussi, par sécurité, ce qui restreint les choix, toutes les marques n'en proposant pas. Pour le haut, Violette sélectionne une demi-douzaine de bonnets A abondamment rembourrés. Elle suspend les cintres à l'intérieur d'une cabine d'essayage, et sans consulter Thelma ni faire mine de ressortir, tire le rideau. Elles se serrent dans le mètre carré artificiellement élargi par le miroir, sous la lumière rosée des spots. Thelma ôte son manteau, son jean et sa chemise tandis que Violette décroche les bretelles du premier soutien-gorge des encoches d'un cintre en plastique. Thelma enfile un tanga de dentelle bleu nuit sur sa culotte. Elle attache devant elle les agrafes du soutien-gorge, le fait tourner autour de son torse et passe les bretelles. Les deux amies observent la glace en silence.

Violette a gardé sa parka et ses baskets à semelles compensées, Thelma est presque nue ; impossible comparaison. Elle voudrait que son amie se déshabille. Il manque un référentiel, une borne, une vision frontale de la norme, pour empêcher le regard de Thelma d'être aspiré par chaque minuscule renflement de peau, de faire gonfler à l'infini chaque soupçon de graisse. De son psychiatre elle a appris qu'un terme désigne cette hallucination : la dysmorphophobie – un mot fait de trop de syllabes, difforme lui aussi, a-t-elle pensé.

Surprendre ses rétines en flagrant délit d'infidélité, les mettre face à leur travail de sape, en sous-vêtements, à côté de Violette.

Pour éviter de passer pour plus cinglée qu'elle n'est, elle ne dit rien.

Violette est prise d'une frénésie d'activité dans son demi-mètre carré, elle s'affaire sur les *parures*, les cintres récalcitrants, le rideau à ajuster. Elle ne commente pas le reflet de Thelma. À sa copine à poil, Violette conseillerait de se raccourcir la frange. Mais d'avis capillaire, il n'est pas non plus question. Violette attrape l'étiquette à l'arrière du slip et pousse un soupir de soulagement. Tu flottes légèrement, mais c'est le XS ! Essaie le XXS. Thelma, docile, s'exécute. Le modèle tient mieux sur ses hanches, la couleur bleu roi offre un contraste saisissant avec la transparence de sa peau.

— Bon ben nickel, commente Violette.

— Tout se passe comme vous le souhaitez ?

De surprise, Violette bouscule Thelma qui se cogne le front contre le miroir.

— Une personne par cabine, s'il vous plaît… continue la voix. Si vous avez besoin d'une taille, je suis là.

Thelma entrebâille le pan de toile.

— Bonjour madame. Dans ce modèle, c'est la plus petite taille ?

Haussement de sourcils, léger mouvement de recul, circulation désordonnée des yeux entre les côtes, la clavicule et la double épaisseur de tissu tendu entre les os des hanches. Thelma observe la vendeuse plaquer un sourire professionnel sur son malaise.

— Vous permettez… ? C'est vrai que ça bâille un peu… Est-ce que vous êtes fixée sur ce modèle ? Nous avons aussi de jolies choses dans le rayon jeune fille, où vous trouverez davantage de choix adaptés à… à votre morphologie. Je peux vous apporter quelques suggestions.

Derrière Thelma, Violette décline fermement :

— Pas la peine, madame, on se débrouille, merci beaucoup !

— Je vois que vous êtes entre de bonnes mains… Restez discrètes, d'accord ? Normalement, c'est une seule personne par cabine. Je fais une exception.

— Merci madame, triomphe Violette en rabattant le rideau.

Les pas s'éloignent.

— Tu l'as vue venir avec son slip Snoopy ? Elle est parfaite, cette parure. Mieux vaut trop grand que trop petit.

Thelma apprécie qu'elle n'ajoute pas « Surtout si tu reprends du poids », ou une variation sur le thème. Violette est diplomate à la limite de la télépathie. Le deuxième ensemble, à effet push-up, retourne illico sur son cintre : la coque lévite à plusieurs centimètres de la poitrine de Thelma, comme une armure sur la femme invisible. On ne s'attarde pas sur le spectacle, déjà Violette tend le candidat suivant. Les articles de lingerie éliminés s'entassent sur le pouf matelassé de la cabine. Elles enfreignent largement les « six pièces par personne », mais la vendeuse ne s'aventure plus de leur côté.

Thelma opte pour l'ensemble bleu roi et une brassière ajourée assortie à une culotte en Liberty (pas tout à fait assez sexy au goût de Violette, qui consent néanmoins à procéder par paliers). Les étiquettes de prix les refroidissent, mais Violette refuse que l'on sacrifie l'un des deux ensembles. D'ailleurs, idéalement, il en faudrait quatre ou cinq : si Thelma porte les mêmes sous-vêtements tous les vendredis, la ruse sera éventée.

— T'es grave, sourit Thelma.

— Je te paye le deuxième.

Thelma ne se fatigue pas à refuser. Le père de Violette a la culpabilité prodigue. Depuis le divorce, non content de lui offrir tout ce qu'elle veut il lui donne aussi de l'argent pour qu'elle s'achète ce qu'elle veut et Violette atteint manifestement le stade où ce qu'elle veut, c'est financer les soutifs de ses copines.

— On attend que je me fasse renflouer, et dans un mois on commande en ligne, maintenant qu'on connaît ta taille. Mon père me prêtera sa carte.

À la caisse, alors que la vendeuse enveloppe les sous-vêtements dans du papier de soie, Thelma prend conscience de l'heure : elle doit attraper le 16h09 sur la place de l'Église si elle ne veut pas arriver en retard au flicage hebdomadaire chez Meunier. Elles dévalent l'escalier mécanique jusqu'au rez-de-chaussée. Thelma serre le cordon du minuscule sac qui contient leur butin, si léger qu'il vole derrière elle. Elle stoppe subitement sur le trottoir devant les Galeries.

— J'ai hyper soif, pas toi?

— Heu… si. Mais t'étais pas pressée?

— Si on se dépêche, on peut encore prendre un Coca à emporter.

Elles traversent à grandes enjambées la place des Capucins jusqu'au comptoir de vente à emporter de McDonald's. D'une voix claire et forte, Thelma commande deux grands Coca zéro, puis cherche l'angle de vue adéquat pour vérifier que le serveur ne se trompe pas de bouton sur la machine à soda. Sa hantise est d'échouer à différencier, au goût, le vrai Coca de son succédané, et d'absorber en toute confiance, croyant s'abreuver d'un inoffensif soda à l'aspartame, 210 calories de sucre pur. Lorsque ses propres yeux ne lui certifient pas la provenance du liquide, elle demande confirmation au comptoir : c'est bien un zéro? En fonction du degré d'assertivité de la réponse, elle avise. Si l'équipier pressé lui répond *oui oui* sans la regarder en face, déjà occupé de sa commande suivante, Thelma se méfie. Sur Internet, elle a trouvé des supports de formation aux employés, elle sait que pour le zéro, deux boutons doivent être enfoncés côte à côte sur le couvercle du gobelet. Mais on n'est jamais à l'abri d'une négligence. Prise de doute, il lui est arrivé de jeter sa boisson intacte dans la première poubelle. Elle s'était même imaginé, au pire de la maladie, un fournisseur mal intentionné intervertissant les tuyaux à l'intérieur de la machine. L'idée l'avait obsédée au point de lui faire préférer la Volvic pendant des semaines ; puis elle avait décidé, au prix d'un véritable effort sur elle-même, que c'était aller un cran trop loin dans la théorie du complot.

Aujourd'hui, l'angle de vue est favorable, le liquide coule du troisième bec verseur, le sucre est parfaitement faux, et elle a commandé la même boisson pour Violette afin de neutraliser les effets d'un échange malheureux.

— Je t'ai pris un grand aussi : si ça fait trop, tu m'en donnes ?

Spirale

Meunier constate une baisse de poids, quatre cents grammes en moins par rapport à la semaine précédente. Thelma pâlit. *Seulement* quatre cents grammes ? Elle n'a pas pu absorber plus de quatre-vingt-cinq centilitres de Coca, entre sa boisson, le fond du gobelet de Violette et les glaçons… Le delta devrait légèrement dépasser un kilo. Donc, elle a pris du poids. Et pas l'épaisseur du trait. Sept cent cinquante grammes ! Trois quarts de kilo. C'est génial, c'est ce qu'il faut, c'est bon signe, ça prouve qu'elle va mieux. Elle se scande des encouragements niais.

Pourquoi est-ce que ça monte aussi vite ? Face au généraliste, elle se justifie à l'envers, elle explique les centaines de grammes en moins alors que son cerveau passe au crible ses derniers repas pour y trouver la clé de l'accélération incontrôlée. Le yaourt sucré à la cantine ? La salade de fruits avec des tranches de banane ? Elle dit à Meunier qu'elle avait déjeuné tard la semaine précédente. Quelque chose de désespéré doit transpirer de ses contre-vérités, le docteur ne l'accule pas davantage. Il note le poids sur l'écran de son ordinateur, assorti d'une observation. Le cœur de Thelma bat dans ses oreilles. Elle attend qu'il relève les yeux et prononce la sentence.

— À la semaine prochaine ? dit-il enfin.

— À la semaine prochaine.

Elle ignore s'il va avertir ses parents. Pour le moment, elle ressort libre. Elle se lève et se dirige vers la porte.

— Attends, Thelma, pas si vite !

Est-ce qu'il s'est ravisé ? Est-ce qu'il va lui demander de rester là pendant qu'il appelle Cécilia et Thierry Gardel ? Est-ce qu'il va lui parler d'hôpital ? La barre est à quarante kilos. Elle deviendrait définitivement folle si on la menaçait d'hospitalisation maintenant.

Meunier désigne sous la chaise qu'elle occupait le petit sac qu'elle a failli oublier, d'où dépasse du papier de soie rose :

— Tu as fait du shopping ?

Le sourire de Thelma tremblote ; elle récupère son paquet et s'enfuit sans demander son reste.

Au sommet de la butte aux Chevreuils, seconde des trois collines aux noms d'animaux de l'agglomération, la famille de Thelma habite un coquet pavillon qui jouit d'une vue panoramique sur la banlieue résidentielle. En hiver, on aperçoit du premier étage, à travers les branches nues des cerisiers, le ruisseau qui serpente à travers le jardin d'à côté. Thelma organisait, plus jeune, des régates de coques de noix et de cupules de glands sur le maigre cours d'eau en compagnie de Côme, le fils des voisins. Elle passait des heures dans ce drôle de jardin sans gazon, où surgissaient au printemps des bataillons de fleurs des champs. C'était une clairière au milieu d'une forêt de maisons, une petite étendue sauvage, un lieu de plaisirs où tout était permis : creuser des tranchées, décapiter des champignons, planter une tente, jouer au ballon prisonnier, pique-niquer en maillot de bain dans une piscine à boudins fluo. Le jardin de Côme, aux dimensions strictement identiques à celui des Gardel, continue de ressembler à un cousin mal dégrossi qui rit trop fort.

De ce côté-ci de la clôture, le rectangle manucuré des Gardel sert de décor bucolique et maîtrisé au mobilier d'extérieur vendu par Cécilia. Chaque semaine, en saison, un paysagiste contrôle les parterres et rectifie la taille des arbustes pour magnifier les lits indiens, les méridiennes et les bancs de teck huilé. Parfois apparaît une pièce irrésistible : un hamac familial mexicain, un fauteuil-œuf à suspendre ou un pouf géant. Cécilia autorise les filles à s'y installer correctement habillées, et se débrouille pour les photographier en cadrant Billie surtout, Billie qui joue de plus en plus souvent les mannequins sur les publications Instagram de Chemins de Campagne.

Lorsque Thelma pénètre dans le salon, Billie, penchée sur un livre de classe, ânonne sous la surveillance de leur mère. Elle s'interrompt en voyant sa grande sœur arriver.

— T'étais où ?

— En ville avec Violette. Et chez Meunier, après.

— Chez le *docteur* Meunier, Thelma, s'il te plaît. Billie, chaton, on ne s'arrête pas de lire au milieu d'un mot. Ça s'est bien passé, chez le docteur ?

— Comme d'hab.

— Qu'est-ce que tu rapportes de beau ?

Comment Cécilia réagira-t-elle si Thelma lui montre ses achats ? Est-ce qu'elle conclura que sa fille de quinze ans devient une femme, est-ce que ça la soulagera ? Est-ce qu'elle supposera l'existence d'un amoureux, cherchera à en savoir plus, examinera la qualité du tissu, commentera le prix, proposera de participer aux frais ?

— C'est rien.

Elle ne va pas étaler sa nouvelle lingerie sur *J'apprends à lire avec Taoki et ses amis*.

— Toujours aussi agréable.

Thelma monte dans sa chambre en se félicitant de n'avoir rien dit : Cécilia aurait soupçonné un stratagème pour se donner l'air d'aller mieux. Dès qu'elle tente de prévoir les réactions de sa mère, elle tombe à côté. Un jour Cécilia déploie une patience hors du commun, le lendemain un rien déclenche une explosion nucléaire. Thelma se sait responsable des sautes d'humeur maternelles ; pourtant, chaque fois qu'il faudrait se sentir redevable à cause de ce qu'elle impose à sa famille, elle est submergée.

À l'étage, les filles partagent une salle de bains sans verrou, pour que Billie ne s'enferme pas. La pudeur et l'intimité n'étant pas des concepts bien installés dans l'esprit de sa sœur, Thelma pâtit seule de l'excès de précaution. Elle découpe les liens des étiquettes avec ses ciseaux à ongles, décolle le plastique hygiénique du fond des slips et se déshabille pour la troisième fois de la journée.

Sur son corps nu, elle essaie de localiser les sept cent cinquante grammes clandestins. Elle saisit la peau de son ventre entre deux doigts pour évaluer l'épaisseur du pli, tord le cou pour scruter ses fesses.

L'Entraîneur la rudoie. Sept cent cinquante grammes. D'un coup ! Trois quarts de kilo, sans même s'en apercevoir – le début de la spirale. Thelma lutte : c'est une bonne nouvelle, ce poids en plus, c'est ce qu'elle s'est promis ; d'accord, c'est rapide, mais elle va calmer le jeu, s'habituer, comme on entre progressivement dans l'eau froide, rester un peu sur place, la mer à mi-cuisses, avant de repartir sur la pointe des pieds vers le large. Elle voit bien ce que ses pensées contiennent de fragilité, d'insincérité – et comme il aurait été plus confortable, au fond, de rentrer après un sermon du médecin en ayant conservé de la marge, ces deux kilos tampons intacts, son sas de sécurité face aux bonnes intentions.

Ses doigts laissent des marques rondes et bleues sur sa peau. Elle ajuste la bretelle du soutien-gorge. Même en sous-vêtements chics, l'idée de se dénuder devant un garçon reste intimidante. Mais plus elle y pense, plus elle est convaincue qu'il faut en passer par là. C'est peut-être l'unique moyen de s'affranchir de l'Entraîneur, d'acter son indépendance, de montrer qu'elle est seule aux commandes de son corps. Elle ne supporte plus cet entre-deux, cette schizophrénie. Elle va guérir en couchant avec un mec, n'importe lequel. Pas question d'attendre de tomber amoureuse : rien ne doit ralentir le dispositif. De toute façon, Thelma ne tombe pas amoureuse. Elle a eu quelques petits copains au collège, des garçons sans reproche qui avaient eu le mérite de la solliciter pour «sortir avec eux», selon l'expression consacrée. Pendant les récréations, ils s'asseyaient côte à côte en se tenant la main, avant la sonnerie ils s'embrassaient bouche ouverte devant témoin, la pantomime était réglée comme une séance de fractionné. Thelma prétendait ne pas avoir accès à son portable après le dîner pour s'épargner des échanges de messages poussifs et, le soir, elle cherchait désespérément les sujets de conversation du lendemain dans la crainte que l'autre s'ennuie autant qu'elle. Le calvaire s'achevait lorsque l'un des protagonistes décidait de «casser», opération délicate le plus souvent confiée à WhatsApp. Thelma ressentait un immense soulagement lorsque le cirque se terminait enfin. Un copain par année scolaire, tarif syndical. Elle se pliait à la prescription.

Elle enviait Violette et Lucas. Ils ne donnaient pas l'impression de se forcer. Ils ne s'adressaient pas de déclarations sirupeuses sur les réseaux. Quand ils avaient fait l'amour pour la première fois, au début des vacances de Pâques en troisième, Violette avait attendu six jours pour tout raconter à Thelma. Six jours ! Six jours de SMS sur des sujets annexes – forcément annexes. Cette semaine de cachotteries l'avait profondément blessée.

En juin, Lucas déménageait et Thelma consolait une Violette défaite. De nouveaux prétendants sortiront bientôt du bois, si l'on en juge par la position enviable de sa copine sur la Liste. *Troisième.* Loin de son statut de paria.

La porte non verrouillable fait alors la seule chose qu'elle sache faire.

— Non mais Billie, merde ! Tu ne peux pas frapper ?

— Oh ! C'est nouveau ? C'est à toi ou à maman ?

À l'idée d'emprunter les sous-vêtements de sa mère pour commettre l'action qu'elle envisage de commettre, Thelma s'empourpre.

— Mais non, enfin, ce n'est pas à maman !

— C'est hyper beau, franchement.

— Va brancher la Switch.

Thelma lave en vitesse les sous-vêtements dans le lavabo, les essore et les étend discrètement sur le radiateur de sa chambre. Ils auront séché d'ici vendredi matin.

Elle dispose de l'équipement, il ne lui manque plus que la cible. Les suggestions de Violette la laissent dubitative. Le bon candidat ne peut pas être un garçon de son âge : effectivement trop laborieux. Mais Marc le pion… Malgré les boucles blondes qui lui tombent dans les yeux, ses jeans bien coupés et sa collection de baskets de marque, elle ne parvient pas à s'imaginer dans ses bras. Il n'est pas tellement plus vieux que les terminale, pourtant. Elle se demande ce qui la bloque. Une question de position, de rapport d'autorité ? Ce n'est tout de même pas un prof !

La connexion qui s'établit, à cet instant, dans l'esprit de Thelma, possède la clarté de l'évidence.

Thon à l’huile

Thierry Gardel repose avec un soupir satisfait sa dix-neuvième copie. Il inscrit la note au bic rouge dans la marge. Douze ! Rien moins qu’un sacre, pour un élève qui a débuté l’année sur une moyenne de sept ou huit, et pour Thierry, le sentiment du devoir accompli. À l’approche des concours d’entrée aux grandes écoles, il guette les preuves de progrès. Sa responsabilité dans le succès de ses étudiants l’intimide encore après douze années d’enseignement ; il se fait une haute idée de son influence sur leur avenir.

Lorsqu’il pénètre dans la cuisine, Billie et Thelma sont déjà à table, côte à côte sur le banc de jardin recouvert de coussins blancs. Cécilia ouvre une boîte de thon à l’huile avec l’intention manifeste d’en garnir une salade de pommes de terre. Prise d’un élan kamikaze, elle saisit la coupelle de vinaigrette (qu’on prépare toujours à part) et verse l’intégralité de l’assaisonnement dans le saladier. La provocation est caractérisée ; Thelma va disjoncter. Thierry retient sa respiration. Sa fille grimace, mais ne dit rien. Cécilia remue le plat avec les couverts en bois. Thierry tente de faire retomber la tension :

— Qu’est-ce qu’on regarde, ce soir ? Vous me faites confiance pour choisir une nouvelle série ?

Un *truc de filles.* C’est ce qu’il a d’abord pensé, lorsque le tsunami s’est annoncé, en catimini, par vaguelettes innocentes, le refus d’un carré de chocolat, des bâtonnets de carotte en substitution du saucisson de l'apéritif, un dégoût pour la viande rouge. Un truc de filles, forcément. Peut-être même un rite de passage, qu'est-ce qu'il en savait? Cécilia, chaque année depuis qu'il la connaissait, dégainait les assiettes bleues et le régime de Néandertal deux semaines avant de partir en vacances. Lubies de courte durée auxquelles il prenait sa part en réduisant sa consommation de fromage ou en renonçant à déboucher un bon vin (on se rattrapait sur la Côte). Il s'était fait à l'idée d'habiter un environnement féminin dont certaines coutumes lui demeureraient impénétrables.

Un truc de filles qui a dérapé. Un truc de filles tellement irrationnel qu'il en est devenu impossible à appréhender malgré l'abondance d'articles médicaux, essais et récits que Thierry a compulsés sur le sujet. L'anorexie mentale de Thelma le déconcerte. C'était une enfant joyeuse, obéissante, une élève brillante et perfectionniste. Jamais elle ne leur avait causé de souci. A-t-elle souffert du statut d'enfant unique? Après un long parcours de PMA, Billie a surgi à la barbe des médecins. Si manque il y a eu, il est comblé. Et la différence d'âge limite les jalousies.

Lorsque la maladie s'est déclarée, Thelma avait presque quatorze ans, Billie pas encore cinq. Tout allait bien. Cécilia et Thierry n'avaient connu aucune crise de couple depuis leur mariage, Thelma rapportait des bulletins de notes exemplaires, se liait facilement, n'avait jamais subi de violences, ni au sein du foyer ni au-dehors – on l'avait soigneusement interrogée.

Thierry ressent le besoin viscéral d'identifier une cause, d'entrevoir une explication. Il y a forcément une raison, un élément déclencheur, une flammèche, quelque chose sur lequel, d'une manière ou d'une autre, on peut agir.

Il a accepté de discuter, pour la première fois de sa vie, avec un représentant des sciences molles. Car il a bien fallu envoyer sa fille consulter un psychiatre. Tout au long de la première séance en famille, assis raide sur un fauteuil club dont il ne touchait pas le dossier, Thierry avait redouté qu'on lui demande de s'allonger quelque part, peut-être sur le canapé beige à côté ; ç'aurait été physiquement impossible, son corps s'était grippé. Il avait enchaîné les plaisanteries, toutes navrantes. Sans surprise, la session n'avait rien résolu. Le seul sujet digne d'intérêt n'avait pas été abordé, avait même, lui semblait-il, été méticuleusement contourné. La cause ! Qu'on explique à Thierry d'où venait ce dérèglement, quelle avait été l'étincelle ! Alors, on se mettrait en ordre de marche.

Le psychiatre n'excluait pas que l'on parvienne, « en fin de thérapie », à remonter à « une » source, mais il rappelait que, dans de nombreux cas, le mal s'installe sans qu'on sache jamais pourquoi.

Sans qu'on sache jamais pourquoi.

Sans en parler à Cécilia, Thierry avait repris rendez-vous la semaine suivante. Seul. Il avait apporté une feuille A4 à grands carreaux qu'il avait tendue à Soreil juste après l'avoir salué.

— Pourrais-je avoir votre avis là-dessus ? Même si c'est empirique, au doigt mouillé, cela me conviendra très bien. Sur la base des patientes que vous avez traitées, par exemple ? J'ai ratissé large, c'est volontaire, je suis conscient que tout n'est pas à considérer sur le même plan, mais je ne veux rien écarter d'emblée…

Le psychiatre avait haussé les sourcils et chaussé une paire de lunettes rondes.

HYPOTHÈSES EXPLICATIVES

- FACTEURS EXTERNES :

RÉSEAUX SOCIAUX (CORPS PARFAITS, FILTRES AMINCISSANTS, ETC.)

REJET DE L'HYPERCONSOMMATION.

LIMITER SON IMPACT SUR LA PLANÈTE

ORTHOREXIE. YUKA, NUTRISCORE, AVERTISSEMENTS DES PUBLICITÉS

MAUVAISE RENCONTRE MOUVANCE « PRO-ANA »

- INTERNES :

PRESSION SCOLAIRE

MANQUE D'ESTIME DE SOI

DÉRÈGLEMENT HORMONAL, AUTRE ANOMALIE BIOLOGIQUE ???

DÉPRESSION ??

REFUS DE LA PUBERTÉ

QUESTIONNEMENT ORIENTATION SEXUELLE (PAS EU LA DISCUSSION)

PERFECTIONNISME (AVÉRÉ DEPUIS L'ENFANCE)

DÉCEPTION AMOUREUSE ?? N. B. PAS DE PETIT COPAIN (NI PETITE COPINE) CONNU

VOLONTÉ DE RESSEMBLER À UN MANNEQUIN ? (DIT QUE NON)

~~PULSION MORBIDE~~

- FAMILIAUX :

TRAUMATISME IMPLIQUANT UNE PERSONNE OBÈSE (SA PREMIÈRE NOUNOU ?

SÉPARATION EN BONS TERMES NÉANMOINS)

SENTIMENT D'ABANDON À LA NAISSANCE DE SA SœUR ??

~~RÉGIMES DE SA MAMAN AVANT L'ÉTÉ (NON PATHOLOGIQUE)~~

- AUTRES :

TRAUMATISME NON CONNU DE LA FAMILLE (ABUS, AGRESSION, RACKET ?)

Thierry ne s'attendait pas à une réponse définitive, mais espérait tirer du médecin – en comité restreint, entre personnes raisonnables, en off, disons – un petit nombre d'hypothèses à privilégier. Il en avait été pour ses frais. Avec un sourire compréhensif, Soreil lui avait rendu le papier en décrétant que Thelma avait beaucoup de chance de pouvoir compter sur sa famille dans cette maladie, tant l'entourage joue un rôle crucial dans le pronostic de guérison. Il ne servait à rien de s'épuiser à chercher la cause, à fantasmer une explication lumineuse, puisqu'il s'agissait sans doute d'un mélange de facteurs qui n'auraient pas produit le même effet chez quelqu'un d'autre. Et puis il était parti dans une métaphore acrobatique sur le thème des accidentés de ski que Thierry, profondément dépité à ce stade de la discussion, n'était plus en mesure d'assimiler. Soreil n'avait pas facturé la séance.

Il fallait accepter l'idée qu'il n'y avait pas eu de graine plantée dans le cerveau de sa fille, à peine un terreau favorable. Thierry s'était mis à considérer l'anorexie comme un parasite qui pompe la sève de ses hôtes. Privé du principe de causalité, il a tout de même lutté avec des armes qui, jusqu'ici, ne l'avaient pas trahi. Devant sa fille récalcitrante, il a posé des équations :

1. Besoin calorique = dépense métabolique fixe + dépense énergétique variable (sport).
2. Apport calorique journalier – dépenses énergétiques = solde énergétique (positif ou négatif).

Une histoire de flux entrant et sortant, un plateau à équilibrer. Du bon sens, de la logique. Thelma a écouté calmement. Elle comprenait. Et Thierry a éprouvé dans sa chair la défaillance de la rationalité.

Sur le banc, Thelma a l'air distraite. Un sourire flottant se pose par intermittence sur ses lèvres. Cécilia sert Billie et passe les couverts en bois à sa fille aînée. Thelma remplit la cuillère de service et utilise la fourchette pour faire retomber dans le plat d'un geste agile ce qu'elle veut manger avec parcimonie. En l'espèce, miettes de thon et cubes de pommes de terre. Thelma trie ensuite les ingrédients par catégorie et assigne à chaque tas homogène un espace distinct de son assiette, exactement comme quand, bébé, elle se mettait à hurler si la ratatouille entrait en contact avec les coquillettes. Auraient-ils dû se montrer plus fermes, dès le berceau ?

Tomates au nord, œufs à l'est, patates au sud, thon à l'ouest. Thierry en déduit que le thon à l'huile contient davantage de calories que la pomme de terre vinaigrette, ce qui tombe sous le sens maintenant qu'il y réfléchit, mais spontanément, il aurait pu se tromper. Thelma entame le tour du cadran par sa partie septentrionale, comme une prise d'élan, pour s'acheminer progressivement vers les contrées plus riches. Les rituels qui jalonnent les repas de leur fille prolongent le temps déjà pénible que l'on passe à table. Nord, pause, est, pause, sud, double pause. Billie, qui a englouti sa ration, réclame un justaucorps arc-en-ciel pour son cours de danse. Ouest, pause. La torture est sur le point de se terminer. On va sortir le dessert.

— Je peux avoir du pain ? demande Thelma.

Surpris, Thierry tend la panière (qui se trouvait, bien entendu, à portée de main de sa fille). Thelma y saisit un croûton qu'elle frotte sur le fond luisant de son assiette. Puis elle croque dans la mie imbibée de vinaigrette. Cécilia jette un coup d'œil en coin à son mari avant d'annoncer que bien sûr, on ira chercher le justaucorps samedi. Billie applaudit.

Marron clair

La mie détrempée d'huile d'olive et de suc de tomate coule dans la gorge de Thelma. Le goût est acide, doux et salé en même temps. Son geste n'a pas échappé aux parents. Elle ne l'a pas calculé dans ce but ; enfin pas uniquement, elle en a eu envie aussi. Elle finit tranquillement de saucer son assiette. Certains jours, tout semble possible.

L'Entraîneur s'agite sur la rive tandis que le cerveau de Thelma vogue loin de lui. Elle ne capte ses gesticulations que lorsque Cécilia lui découpe, au dessert, une extravagante part de flan. Ça se passe toujours comme ça. Dès qu'elle fait preuve d'un peu de bonne volonté, on essaie d'en profiter. Des anguilles, tous. Elle décline sèchement et le visage de sa mère se ferme.

Thelma ne se passionne pas pour les entraînements de football américain des *Dillon Panthers* quelque part au Texas, mais elle reste sur le canapé pour ne pas vexer son père, si fier de son choix de série. Elle oriente son téléphone de manière à protéger sa conversation avec Violette des regards indiscrets. Heureusement, Billie est couchée, depuis que sa sœur sait lire, on ne peut plus rien laisser traîner.

Violette a pris connaissance de son texto pendant le dîner. La réponse n'a pas tardé. Une dizaine d'émoticônes hilares, incrédules ou horrifiées précèdent la première phrase en français, «T'es grave, meuf, j'hallucine.» Thelma jubile. Une énergie mousseuse lui gonfle la poitrine. Elle repense aux mains de Faroy sur ses hanches, à cette accusation stupide, *Il la tripote dès qu'il peut.* N'importe quoi. Pourtant, cette insistance prouve qu'il l'aime bien. La donne de départ est favorable.

Violette : « Mais tu le kiffes, sérieux ?? »

Thelma pouffe. Son père se tourne vers elle. Les marques de gaieté de Thelma ne passent pas inaperçues. Il agite la télécommande.

— Pas mal, hein, le cri de guerre ? *Clear eyes, full hearts, can't lose !*

My God, l'accent paternel. Elle replonge dans sa conversation.

Thelma : « Je le kiffe carrément. »

L'heure n'est pas à la litote si Violette doit adhérer au projet.

Violette : « Mytho ! »

Violette : « Couleur des yeux ? »

Faroy est taillé d'un bloc, les épaules larges. Thelma ne l'a jamais vu porter autre chose qu'un survêt gris, qu'il doit posséder en plusieurs exemplaires, enfin on espère, et même au cœur du mois de janvier, il ne quitte pas une casquette rouge qui maintient d'épaisses mèches brunes dans un état semi-domestiqué. Elle ne saurait pas décrire les traits de son visage, ce sont sa voix et sa diction qu'elle identifierait entre mille, avec sa manière de surjouer les expressions militaires. Ses yeux, pas la moindre idée. Bleus ou verts, elle aurait sans doute remarqué. Elle tape « marron clair », ajoute après réflexion un double point d'exclamation, et appuie sur envoyer en croisant les doigts pour ne pas se tromper. Pouce jaune : Violette confirme. Ouf.

Le générique défile sur l'écran et Thierry Gardel sonde sa fille.

— *Friday Night Lights*. On dirait que ça t'a plu ?

— C'était top !

— Un peu complexes, les règles du jeu, il faut suivre.

L'envie la saisit d'embrasser son père avant de monter se coucher, mais l'élan bousculerait trop les habitudes familiales pour ne pas être décortiqué à la lumière de l'*état* de Thelma. Par prudence, elle limite les effusions.

— Bon, ben bonne nuit.

— Bonne nuit, caneton.

Thelma sourit encore en se mettant au lit. Pour la première fois depuis plusieurs mois, elle s'endort sans détour par un fantasme alimentaire.

Magie

Il n'a pas plu cette nuit, les flaques ont séché et la boue nettement diminué (la tronche des élèves, la semaine dernière, quand Guillaume les a alignés pour les faire plonger!). Le sol reste mou et le temps humide, des conditions idéales. Guillaume programme le rugby avec toutes ses classes. En mixité, évidemment. Parfois, ça grince chez les parents, mais il ne flanche pas. Il tient en piètre estime cette génération d'adolescents attardés qui se débat dans les contradictions du politiquement correct. Le Parent, en général, ne prend pas rendez-vous, puisqu'il «se trouvait là» (à côté du gymnase, ou à la sortie du lycée), qu'il a reconnu le prof de sport et se permet de l'aborder, car justement, «ça tombe bien», il aurait aimé lui poser une question. À ce stade de l'introduction, le Parent mentionne au choix un fils inscrit à la danse ou une fille qui n'a jamais joué à la poupée. De cette clarification, le Parent tire l'élan nécessaire pour en venir au fait : «Sans remettre en cause quoi que ce soit… du rugby mixte au lycée? C'est novateur, non?»

Guillaume ne recherche pas la popularité et n'a pas de temps à perdre en débats stériles. Il est payé pour motiver les enfants, pas pour épiloguer avec leurs géniteurs.

«Comment gomme-t-on la dimension de combat?», se désespère le Parent.

On ne gomme rien du tout. Si c'est pour renier la logique interne du sport, autant programmer du volley! Ici, le Parent mise sur une épiphanie, mais Guillaume tient bon et, s'il est de bonne humeur, il explique : il tient compte, évidemment, des différences de gabarit dans chaque groupe-classe. En seconde C, il ne placera pas une Thelma face à un Thomas ou un Justin qui pèsent deux fois son poids. Avec les précautions adéquates, des recommandations aux plus électrisés, tout le monde progresse et s'amuse. Les traumatismes sont pour ainsi dire inexistants. À court de patience et d'arguments, il convie son interlocuteur à venir observer les séances matinales. Aucun, jusqu'à présent, ne l'a pris au mot. Guillaume se garde bien d'installer des bancs aux abords du terrain.

En sortant les ballons du filet, Guillaume inspire à fond. Il ne verrait pas d'un mauvais œil qu'Élodie Marchand, la titulaire, accole un congé parental à son congé maternité. Le pavillon qu'il loue à vingt minutes de vélo du lycée se situe dans un environnement idéal pour combiner le trail et le triathlon. Son affectation précédente a été mouvementée – des divergences de vues avec la direction et quelques parents d'élèves –, de sorte que personne n'a tenté de le retenir à l'issue de sa mission. Ici, il pourrait enfin accrocher des cadres aux murs.

Les premiers élèves se présentent au compte-gouttes, Guillaume les accueille d'une tape dans la main. La plupart des garçons sont déjà là, ainsi que Thelma et Violette, l'inséparable duo. Le reste des filles doit encore traîner dans les vestiaires. Il a beau les exhorter à venir directement avec leurs affaires de rugby *sur elles*, elles préfèrent se changer en arrivant, ça dépasse l'entendement. Il part les secouer.

— C'est quoi ce maquillage de ouf? s'écrie Thomas dans son dos. Vous avez passé la nuit en boîte, ou quoi?

Guillaume ralentit le pas pour juger de l'opportunité d'intervenir, mais Violette a la situation en main. Il fait mine de ne pas entendre les amabilités échangées entre Thomas et les filles et continue vers le gymnase.

Il compose des groupes de cinq pour l'échauffement : un tour talons-fesses, un autre genoux levés, une série de roulades et de plaquages, où chacun alterne plaqueur et plaqué. Un seul objectif : dédramatiser le contact. Que les gamins arrêtent de croire que dès qu'on les touche, on les agresse. C'est la base du rugby (Guillaume pense : la base de la vie). Le message n'est pas simple à porter dans la période actuelle, avec sa pudibonderie et ses amalgames. Pourtant il est intimement convaincu que le contact physique à l'adolescence conforte l'estime de soi et l'esprit de camaraderie. Y compris entre les deux sexes. Surtout entre les deux sexes. La plupart de ses collègues préfèrent s'épargner les difficultés.

Il donne les instructions de la séance, les filles joueront avant, les garçons demi, trois-quarts et arrière. Il organise les filles dans la mêlée. À quinze ans, la plupart d'entre elles ont déjà intériorisé une crainte des rapports d'opposition physique. Dans la majorité des autres sports collectifs, à moins de les placer artificiellement au cœur du jeu, le désengagement ne tarde pas. Rien de tel au rugby. Il y a une magie du rugby, qui transforme l'adolescente indolente en guerrière. Leurs coéquipiers ne s'y trompent pas ; Guillaume est rarement seul à hurler ses encouragements.

L'enchantement opère, le jeu décolle, Guillaume siffle peu de fautes pour privilégier l'action – d'ailleurs, touche !

Thelma est à portée de bras. Il la propulse, la crevette s'envole vers le ballon, mains tendues.

La chute

Thelma attrape le ballon et le serre à le crever contre sa poitrine. Elle atterrit sur ses pieds, se retourne, hésite sur la meilleure passe à faire, n'en fait aucune, s'élance tel un gnou à travers une rivière infestée de crocodiles, droit devant, vers les piquets. Les prédateurs tergiversent, n'osent peut-être pas, craignent sans doute de la casser, et elle profite de la demi-seconde gagnée pour contourner Côme, détaler, galoper à soulever la poussière sous les cris de son camp. Un fauve s'agrippe à sa taille, ses appuis la trahissent, elle se retrouve face contre terre, trop vite, quelques mètres trop tôt.

— Lâche la balle ! Vas-y, lâche, lâche !

Un peu étourdie, elle obéit, desserre son étreinte sur le ballon qu'on lui subtilise. Elle se relève d'un bond. Deux soucoupes noires entrent en collision dans son champ de vision, son ventre remonte vers son plexus, elle perd l'équilibre à nouveau, s'accroupit pour ne pas heurter de plein fouet le sol. Elle a juste le temps de comprendre qu'elle va être prise de malaise, la sensation familière prend sa source au cœur d'un organe central et indéfini, l'ombre grandit, s'étend, l'enrobe tout entière.

Lorsqu'elle reprend connaissance, il lui semble avoir dormi douze heures et s'extraire péniblement d'un rêve. Elle est allongée sur le dos, les jambes en l'air, dans la position qu'elle a fini par apprivoiser, à force de pratique involontaire à chaque examen sanguin. Quelqu'un lui tient les talons et le visage soucieux de Faroy est penché sur elle. Marron clair, c'était bien ça. Elle reconnaît la voix essoufflée de l'infirmière.

— Le choc a été brutal ?

— L'un de ses camarades l'a plaquée, mais elle s'est relevée, dit Faroy. C'est seulement ensuite qu'elle est retombée. Un malaise vagal, je pense.

— C'est une possibilité, ce n'est pas la seule. Ah ! Et c'est Thelma Gardel ? Je me demande si vraiment c'est le sport le plus approprié pour...

Elle s'adresse à quelqu'un que Thelma ne voit pas :

— Vous ! Allez chercher un verre d'eau au réfectoire. Sucez ce sucre. Si, si, forcez-vous, pas d'histoires. Vous avez mal quelque part ?

Thelma secoue la tête. Faroy frappe dans ses mains pour disperser l'attroupement :

— J'accompagne Thelma à l'infirmerie. Décrassage jusqu'à mon retour, allez hop, hop, hop !

À la consternation de Thelma, l'infirmière insiste pour appeler ses parents.

— Madame, c'est pas la peine, je me sens vraiment mieux, là.

— C'est le protocole, Thelma.

Cécilia décroche au deuxième appel. Thelma se concentre pour combler les trous de la conversation. Elle se mord les lèvres en fixant les jointures du faux-plafond.

— Non, elle va bien à part ça. Mais à huit de tension, oui : huit, ce serait bien qu'elle se repose un peu. Après, c'est vous qui voyez. Non non, rien d'obligatoire, je peux la garder avec moi le temps qu'elle se requinque. Ah bon. D'accord, je comprends. Je n'y manquerai pas.

Le degré d'inquiétude de Cécilia ne semble pas suffisant pour lui faire quitter la boutique. Thelma s'en réjouit, elle n'est pas pressée de faire face à ses parents.

Au bout d'une heure, elle obtient l'autorisation de retourner en cours. Violette vient la chercher devant la porte de l'infirmerie.

— Comment tu te sens ?

— Nickel.

— La vache, Thelma, c'était beau, c'était grand. Ta percée, là… avec tout le monde qui criait… et t'écrouler juste après…, je te jure, de l'extérieur, c'était magique. On aurait dit un film, il manquait que la B.O. Mais t'aurais pu prévenir ! Ou ça t'a pris comme ça ? Justin est *tellement* mal de t'avoir plaquée, on a tous cru qu'il allait chialer. Remarque, Faroy non plus ne faisait pas le malin, il essayait de le cacher mais on voyait bien qu'il flippait. L'infirmière a failli le mordre. Attends, regarde-moi ? Ton mascara a un peu coulé mais bon, ça va.

Thelma se frotte machinalement la joue.

— Dommage pour les parures. J'ai récupéré tes affaires au vestiaire, tu ne vas pas passer toute la journée en short dégueu, viens te changer.

Thelma suit Violette le long du couloir du rez-de-chaussée. Elles entrent dans le W.-C. handicapés.

— Elle a appelé ma mère, dit Thelma en ouvrant la fermeture éclair de son sac.

— Elle va s'inquiéter ?

— Ils ont l'habitude que je m'évanouisse, mais pas comme ça. Et pas au lycée.

Elle enrage contre son corps. Que sa tension rase les pissenlits n'a rien de neuf, elle tombe dans les pommes pour un oui ou pour un non, il suffit qu'on approche une seringue d'une de ses veines pour que le système disjoncte, ça n'a pas de rapport avec son poids. Mais elle n'avait jamais été victime d'un malaise pendant une activité physique. Elle a souvent fini exténuée, les jambes tremblantes, le corps las, sec, bonne à étendre sur un lit, mais jamais, jamais, elle n'a perdu connaissance en pleine action. Elle connaît sa résistance, ses ressources dans l'effort. Un sprint de vingt mètres et une malheureuse chute dans l'herbe ne peuvent pas l'avoir mise dans cet état. Quel signal catastrophique ! On va l'imaginer au plus bas alors qu'elle se coltine trois quarts de kilo invisibles. Elle s'est relevée trop vite, ça aurait pu lui arriver n'importe où, en sortant de son lit ou en quittant le canapé du salon. Mais non, il a fallu que cela se produise au milieu d'une séance de rugby ! Désastreux, désastreux hasard.

— On a progressé grave, se réjouit Violette.

— Hein ?

— Il t'a prise dans ses bras !

Par souci de vérité, Thelma corrige :

— Sur cinq mètres, peut-être. Après, j'ai marché.

— Oui enfin il te tenait encore sous les aisselles… Vous vous êtes parlé ?

Violette n'exprime jamais de pitié mal placée. Ses yeux font loupe et amplifient l'audace de Thelma. Elle a envie de correspondre à ce reflet-là, d'être cette fille téméraire, qui feint de défaillir pour terminer dans les bras du prof.

La scène comportait peut-être, maintenant qu'elle se la rembobine, un certain degré de romantisme : elle, les yeux mi-clos, les cils alourdis de mascara, les paupières ombrées par Violette devant l'entrée du lycée, la main droite étendue à l'horizontale avec le reste du morceau de sucre qui lui fond entre les doigts. Le prof qui lui demande tous les trois pas si ça tourne encore. Est-ce qu'il la félicite pour la belle action de jeu ? Elle ne se souvient pas. Peut-être que la présence patibulaire de l'infirmière le dissuade. Il a l'air content qu'elle réussisse à marcher seule. À la porte de l'infirmerie, il la quitte, et un détail lui revient qui plaira à Violette.

— Je suis censée retourner le voir après les cours, pour lui dire que tout va bien.

— T'es sérieuse ? Tu vas y aller, j'espère. Il faut y retourner !

Thelma regarde le sourire de sa copine, assise sur l'abattant des W.-C. Le corps dénudé de Thelma ne suscite aucune gêne perceptible chez Violette, et cela vaut beaucoup.

— Oui, je vais y retourner.

Essuie-glaces

À la fin du dernier cours de la journée, Thelma remballe lentement ses affaires. L'idée d'aller retrouver Faroy l'intimide. Elle n'est pas coutumière des tête-à-tête avec les profs, encore moins dans un tel contexte.

Dans le couloir, Justin l'interpelle :

— Tu aurais deux minutes ?

— Je t'attends à la grille, crie Violette en s'éloignant.

Thelma fait signe à Justin de marcher avec elle vers la sortie. Elle n'est pas concentrée sur ce qu'il bredouille, sa voix semble provenir de très loin, mais le bruit de fond constitue une distraction réconfortante, familière, et l'appréhension de Thelma diminue peu à peu. Un moment s'écoule avant qu'elle saisisse que Justin lui présente ses excuses pour son plaquage malheureux. Il a *mal dosé*, il est désolé. Il a l'air de tenir si fort à la version dans laquelle sa force herculéenne a mis Thelma K.-O. qu'elle abdique, c'est clair que c'était musclé, hein, mais elle se sent parfaitement bien, pas de souci, par contre elle doit filer, on l'attend. À demain alors, enfin à lundi, j'espère que tu seras rétablie. Thelma réussit à ne pas lever les yeux au ciel.

Devant la grille du lycée, elle s'apprête à bifurquer vers les installations sportives quand Violette l'arrête d'un geste vif.

— Ta mère est là et autant que tu le saches tout de suite, elle fait la gueule.

Thelma suit le mouvement de tête lugubre en direction d'un imperméable beige.

Violette l'accompagne à l'échafaud. Cécilia, sourire contraint, prend des nouvelles de la famille Pichon, pendant que Thelma cherche à évaluer le degré d'énervement avec lequel il faudra composer. Violette relance tant qu'elle peut puis finit, non sans un regard compatissant pour son amie, par prendre congé.

— Tu m'expliques ce qui s'est passé ? demande sèchement Cécilia avant que Thelma ait repris sa respiration.

— Mais rien ! Je suis tombée au rugby, et je me suis relevée trop vite.

— J'ai appelé Meunier, du coup. Tu as encore perdu du poids.

— Mais non ! Enfin, si, à un moment, mais je suis remontée.

— Tu es remontée depuis mercredi soir ? En trente-six heures ?

Cécilia secoue la tête.

— Comment tu veux qu'on discute avec toi si tu nous prends en permanence pour des imbéciles ? Ouvre ta portière, on rentre.

Thelma jette un regard circulaire autour d'elle. L'intermède Violette a permis aux abords du lycée de se vider et, avec un peu de chance, aucun de ses camarades n'aura été témoin de la scène. Elle s'installe à la place du passager et boucle sa ceinture. Faroy l'attend-il, en ce moment même ? Est-ce qu'il va lui en vouloir ? Plus vraisemblablement, il a déjà oublié qu'elle devait passer. Cécilia ne lui adresse plus la parole du trajet.

Ce n'est qu'une fois garée devant le portail qu'elle explose, les mains cramponnées au volant.

— Si tu n'avales pas une banane et un bol de céréales devant moi vendredi prochain, je te fais dispenser de sport jusqu'à la fin de l'année.

Un mouvement incontrôlé de son bras gauche déclenche l'essuie-glace arrière. Comme toujours, elle galère à l'arrêter. Thelma la laisse s'exciter sur les commandes. Elle voudrait sortir, mais n'ose pas bouger.

— Du rugby, merde !

Cécilia a l'air de s'adresser à un témoin bien renseigné, à qui il serait superflu de fournir davantage d'explications. Thelma se tasse dans son siège. Les dix minutes de voiture ont exacerbé la tension au fond de son ventre. Elle ne résistera plus longtemps aux larmes, elle voudrait être seule pour ne pas s'effondrer devant sa mère.

Après avoir appuyé frénétiquement sur tous les boutons, Cécilia parvient enfin à arrêter l'essuie-glace.

— Ce n'est quand même pas compliqué à comprendre : tu n'as aucune réserve, rien à brûler. Ton corps a besoin d'énergie pour fonctionner normalement.

Thelma aimerait hurler qu'elle se tape quasiment un kilo en trop, ce que personne, parmi l'armée de matons occupés à traquer ses moindres faits et gestes, n'est fichu de remarquer, et que de toute façon elle n'est jamais aussi performante que le ventre vide, mais ça les dépasse, cette autonomie par rapport à la bouffe, ils n'arrivent pas à intégrer, ils sont si faibles, tous, si dépendants. À la première sensation de faim ils paniquent, il faut qu'ils se comblent et se remplissent, au lieu de l'attendre, de l'accueillir, pour l'entretenir et la sublimer. Le manque n'est pas là où ils croient : elle ne manque pas de carburant, c'est le manque lui-même qui constitue le carburant. Les aliments lui sont des sédatifs poisseux, des poisons hallucinogènes à diffusion lente qui endorment son corps et lancent son cerveau dans une course éperdue. Elle ne tolère pas l'état de somnolence digestive, cet engourdissement, cet affaissement général dont elle ne s'extrait que grâce aux interventions autoritaires de l'Entraîneur, obligé de recourir à des antidotes extrêmes – des privations plus sévères, des exercices renforcés. Ils ne la comprennent pas, il faudrait qu'elle se mette à leur portée. Parler déco à sa mère ? Thelma préfère un studio sobre et lumineux à un cottage anglais enfumé et surchargé de bibelots. Quoiqu'au vu du martyre que Cécilia inflige à leur pauvre jardin, même cette analogie risque de lui échapper. Ou alors elle la prendrait personnellement, et on ne s'en sortira pas.

En tous cas, il faudrait expliquer que si on s'acharne à la gaver, sa motivation ne pourra pas suivre, qu'elle a besoin de temps, qu'ils doivent lui faire confiance, qu'elle va s'en tirer, qu'elle ne demande que ça, à condition qu'on arrête de la brusquer.

— Et va te débarbouiller, tu as des traces noires jusqu'au menton. Depuis quand tu te maquilles ?

La dernière phrase contient moins d'acrimonie, peut-être même une pointe d'intérêt.

Au dîner, curieusement, la tension est surtout palpable entre les parents. Cécilia s'irrite de ce que l'école la contacte systématiquement en premier alors qu'elle signale, à chaque rentrée scolaire, que l'emploi du temps de son mari lui laisse davantage de flexibilité, mais *autant pisser dans un violon*. Billie hoquette de rire. Thelma regarde sa mère sectionner une gigantesque tranche de beurre – elle le fait exprès, ce n'est pas possible autrement – et déposer tranquillement son quart de plaquette au centre de la casserole de haricots verts. Le gras fond, se répand, macule tout. Thelma n'ose pas protester. Cécilia maugrée que ce n'est pas normal que la décision d'aller récupérer sa fille lui incombe d'office au milieu d'une journée de forte fréquentation à la boutique, tandis que son mari ne daigne pas répondre à ses dix appels en absence.

— Finalement, tu n'y es pas allée et tu as bien fait, dit calmement le père de Thelma. Elle a pu finir ses cours. C'était la bonne décision.

Cécilia grommelle que la question n'est pas de savoir si c'était ou non la bonne décision, et encore heureux qu'il ne remette pas en cause celles qu'il lui impose de prendre seule. Thierry se lève pour sortir le camembert du réfrigérateur.

Vers vingt-trois heures, il toque à la chambre de Thelma. Elle glisse son téléphone sous sa couette. Thierry Gardel aborde les sujets délicats en deuxième partie de soirée : on s'engueule moins en chuchotant.

Il s'assied sur le bord du lit.

— Ça remonte à quand, la dernière séance avec ton psy ?

— Deux semaines. J'ai rendez-vous demain matin. Pourquoi ?

— Pour rien, pour savoir.

— C'est toujours toutes les deux semaines, tu ne savais pas ça ?

— Si si. Parfait. Bon. Juste un truc : tu peux faire un effort pour les petits déjeuners ? Au moins le vendredi ? Ou alors, je ne sais pas, tu emportes une barre énergétique avec toi.

— Oui, O.K., je prendrai une barre.

Son père se ravise :

— Ce serait mieux que tu petit-déjeunes avec nous. Comme a dit ta mère. Quelque chose qui tient au ventre.

Thelma se raidit sous sa couette. Ils ne se satisfont jamais de ses concessions. Il suffit qu'elle fasse un pas dans leur direction pour qu'immédiatement ils exigent davantage. C'est le genre de reculade qui crée deux camps : Thelma et l'Entraîneur contre le reste du monde. Probable qu'elle ne l'aurait pas mangée, leur barre de céréales grossissante, mais ça n'est pas le sujet ; elle a besoin qu'on la croie quand elle assure qu'elle l'aurait fait.

— Ta mère s'inquiète, tu sais. Ce n'est pas simple. Pense à elle.

Ils jugent nécessaire d'en remettre une couche sur la culpabilité : grandiose. Thelma rabat la couette au-dessus de son menton.

— Bonne nuit.

— Bonne nuit castor.

Pour s'endormir, Thelma convoque une immense salle aux murs blancs remplie d'aliments dont elle a oublié le goût. Des plats sucrés, surtout. Des préparations qu'elle ne mange plus qu'en rêve. De la mousse au chocolat avec les tablettes Milka pépites de caramel, des crêpes garnies de Nutella en couche aussi épaisse que dans les publicités, des saladiers de crème chantilly, des parts de forêt noire surmontées de cerises confites et de copeaux de chocolat, des verres de jus de grenade et des brochettes d'oursons guimauve. Il y aurait une justification scientifique radicale, quelque chose d'assez définitif, comme une hibernation de plusieurs mois, un voyage spatial, une expérience physiologique jamais tentée, on saurait de manière certaine que toutes les calories ingérées disparaîtraient sans effort et sans sensation de faim.

Thelma s'empiffrerait sans arrière-pensée, elle profiterait de cette nourriture offerte, sans conséquences sur son corps ni sur son esprit.

Recroquevillée en chien de fusil dans son lit, les yeux clos, Thelma virevolte au milieu de la farandole de desserts. Elle n'avait pas eu recours à ce fantasme alimentaire depuis plusieurs jours. Depuis le début du délire sur les mecs en général, et sur Faroy en particulier. C'est un petit plaisir régressif, un doudou qui ne console pas complètement. Elle tire le gros du réconfort de l'idée de ne rien avaler en vrai.

Comptabilité

Thierry a évité l'esclandre. Cécilia s'est calmée, elle est montée lire dans la chambre, elle doit dormir depuis plusieurs heures. Il a extorqué une promesse à Thelma pour les petits déjeuners à laquelle il ne croit qu'à moitié, mais c'est un jalon, mieux que rien, et de toute façon, ils naviguent à vue.

En milieu de journée, Thierry a connu un instant d'angoisse en récupérant son téléphone saturé de messages de sa femme. Il coupe toujours la sonnerie le vendredi, mais il a oublié de consulter régulièrement l'écran. À l'école, en plein cours de sport, Thelma, un mètre soixante-treize pour quarante-trois kilos, a été victime d'un malaise « inexpliqué ». Thierry honore la rigueur scientifique, mais l'explication en l'occurrence ne lui paraît pas hors de portée. Pourtant, il a lui-même soutenu à Cécilia qu'on ne devait pas tout mettre sur le compte de la *situation*.

À presque deux heures du matin, il erre encore sans but sur Internet. Demain, il n'a qu'un devoir sur table à surveiller, rien qui requière une concentration poussée.

Son dernier message n'a pas été lu. Albane a dû s'endormir.

Albane Bretèche a suivi les cours de Thierry pendant deux ans, math sup, math spé. Une étudiante appliquée, un peu émotive peut-être, ce qu'on pouvait attribuer de prime abord au niveau d'exigence des classes prépa. Elle a brillamment réussi ses concours en 3/2 et il lui a envoyé un texto pour la féliciter pendant l'été. Il n'a pas reçu de réponse. Et puis, la veille de la rentrée, il est tombé sur elle à la bourse aux livres, dans la cour du lycée. Elle lui a demandé s'il restait dans les parages le temps qu'elle vende son dernier lot de manuels, elle aurait aimé lui parler.

C'était il y a six mois.

Il l'a invitée à le rejoindre quand elle aurait terminé dans leur ancienne classe à côté du préau. Elle a frappé comme si elle entrait dans son bureau, s'est approchée sans sourire, d'un pas décidé, et a commencé à lui débiter quelque chose de touchant qui tenait autant du discours de remerciement que de la déclaration amoureuse. Thierry s'est senti bête, une fesse posée sur une table d'élève, il a regardé la porte de la salle qu'elle n'avait pas refermée. En lui, beaucoup de choses se mélangeaient, un ravissement devant la spontanéité de la jeunesse, l'évidence de la beauté d'Albane, ses cheveux blonds retenus par un foulard noué sous la nuque, ses boucles d'oreilles en forme de toupie, ses pommettes et son cou qui rougissaient, ses yeux noirs plus maquillés que dans son souvenir, sa jolie bouche grave, et puis sa responsabilité à lui, le professeur, l'adulte, le père de deux filles, le mari. Il s'est demandé pourquoi il lui avait écrit à elle plus qu'à d'autres cet été – en réalité, il avait écrit à cinq étudiants dont les résultats lui avaient paru dignes d'éloges, mais il aurait pu s'arrêter aux trois premiers comme les années précédentes ; il avait fait du zèle et se demandait maintenant si, dans l'hypothèse où Albane n'eût pas obtenu le cinquième meilleur résultat mais le treizième, il se serait fendu de treize mails. Se poser une telle question ne faisait qu'accroître son trouble.

Il l'a interrogée sur la date du début des cours dans sa nouvelle école parisienne, le programme de ses dernières semaines de vacances, si elle avait déjà trouvé un logement, et ils ont passé quelques minutes à faire semblant de discuter de questions logistiques. Ses joues perdaient un peu de couleur et il s'interrogeait sur la signification du changement de teinte. Est-ce qu'elle regrettait ses aveux? Est-ce que sa réaction la décevait?

Il s'est rappelé les colles nocturnes où, la craie à la main, Albane se décomposait. Sur l'estrade, à côté de ses camarades de trinôme, elle butait sur des exercices qui ne lui posaient aucune difficulté à l'écrit. Il avait évoqué son cas en salle des profs, et ses collègues de physique et français lui avaient opposé une moue sceptique – dans aucune autre matière on n'observait chez Albane Bretèche de fragilité à l'oral. Elle lui avait confirmé que c'était seulement avec lui. Enfin, elle avait dû dire *seulement en maths*. Qu'avait-elle dit exactement? Est-ce qu'il avait raté un sous-entendu?

— Tu dois être contente d'avoir vendu tous tes livres.

— Vous voulez dire que je ne serai pas venue pour rien?

Il a souri mais n'a pas su rebondir. Il l'a raccompagnée à la porte de la classe, en propriétaire, comme s'il l'escortait au seuil de son manoir.

Le soir même, honteux, il lui écrivait un e-mail rempli de tournures sibyllines qui proposait en substance de se retrouver avant son départ pour Paris, pour boire un café et parler un peu. Elle ne lui avait répondu que le lendemain matin et il avait passé une nuit entièrement blanche à analyser et regretter chacun des mots de chacune de ses phrases. Quelques jours plus tard, à la terrasse du café, il lui avait effleuré la joue en murmurant une platitude consternante, peut-être même *au revoir et bon vent*. Le soir, il avait eu du mal à dissimuler son émoi. Il avait récrit à Albane et fait l'amour à sa femme avec une urgence qui avait déconcerté l'intéressée.

Thierry s'est cherché des justifications et sans forcer en a trouvé beaucoup. Dix-huit ans de mariage, une fille aînée aux prises avec une pathologie fatale dans dix pour cent des cas, une classique lassitude professionnelle et le spectre plus banal encore de la déchéance physique. Au fond, quand on considérait la question sous cet angle, son comportement n'avait rien d'extraordinaire. Pour parfaire la démonstration, Thierry s'imaginait volontiers qu'Albane n'avait pas été la première de ses étudiantes à tomber amoureuse de lui – donc, il avait longtemps ignoré toute tentation. Il s'inventait un système de comptabilité interne où cela serait inscrit à son crédit.

Au début, leur relation est restée épistolaire, quasiment poétique, puis les mots et les photos n'ont plus suffi. Du jeudi soir au dimanche après-midi, les semaines impaires, Albane revient chez ses parents. Le vendredi, l'emploi du temps de Thierry est assez flexible. Ils s'organisent.

Sur le plan déontologique, il n'a rien à se reprocher : il n'était déjà plus son professeur. Elle est majeure depuis longtemps (trois ans) et ses messages enflammés ne laissent aucune place à l'interprétation. Albane rabote les inquiétudes de Thierry, elle leur rend un gabarit maniable. Quand il la tient dans ses bras, il ne pense à rien d'autre. En la quittant, il accepte toutes les conciliations, il est un père plus patient, un meilleur mari. Elle lui procure la force et la sérénité dont il a besoin pour ne pas ployer sous l'ouragan de l'anorexie.

À l'étage, le bruit d'une chasse d'eau tire Thierry de ses rêveries. Cécilia s'affaire dans leur salle de bains, il entend le grincement de l'armoire à pharmacie. À cette heure-ci, elle doit chercher la tablette de somnifères.

Prépa-vie

Samedi matin, Thelma arrive à l'arrêt de bus avec vingt minutes d'avance sur le 76. Elle apprécie ce moment de paix sous l'Abribus. Son père propose toujours de la déposer en ville, mais elle a besoin d'un sas de décompression entre la maison et le fauteuil en velours du psychiatre.

Si on avait dit à Thelma, il y a un an, qu'elle continuerait à voir Soreil tous les quinze jours pendant son année de seconde, elle aurait été horrifiée. Moins par l'enracinement de la maladie que par le nombre de conversations à meubler. Les premières fois, elle ne savait pas comment se comporter. Elle avait quatorze ans et demi et un adulte allait consacrer une heure à l'écouter parler de son embryon de vie. Bien sûr, c'était son métier, les parents ou la Sécu, enfin quelqu'un qui avait les moyens, le rémunérait pour ça, mais elle se sentait tenue d'être au niveau. Qu'attendait-il d'elle ? Soreil devait recevoir des patients beaucoup plus atteints, des suicidaires, des schizophrènes, des gens avec des problèmes qu'ils ne s'étaient pas créés eux-mêmes. Elle aurait aimé savoir ce qu'il fallait dire pour qu'il n'ait pas l'impression de perdre son temps, pour être crédible en quelque sorte, mais il ne l'aidait pas beaucoup. Alors elle a fait des recherches sur Internet, elle est allée à la médiathèque, elle a écouté des podcasts. Elle a trouvé pas mal de choses sur la psychanalyse, et même si ce n'était pas exactement de cela qu'il s'agissait, elle a tenté d'en faire un sujet de conversation, qu'il voie qu'elle n'arrivait pas les mains dans les poches. Pourtant, dès qu'elle abordait des questions théoriques, il bottait en touche. Elle en parlait sûrement de travers, mais se donnait du mal.

Elle a fini par se contenter de raconter son quotidien inintéressant d'adolescente normale au sein d'une famille de la petite bourgeoisie, parents hétéros, pas divorcés, sœur modèle, ni viol, ni inceste, ni coups, ni homosexualité refoulée. Pas même un deuil qui éclairerait tout : personne n'était jamais mort, à part Pépé Poitiers qui puait le café froid, elle avait quatre ans, le connaissait à peine, n'avait pas été triste plus d'une journée. Toujours première à l'école, ex aequo les mauvaises années, jamais rackettée, jamais harcelée.

Elle a pensé enjoliver, mais Soreil devait avoir l'habitude, ça n'aurait pas tenu. Et elle ne veut pas le froisser. Heureusement, contrairement aux psys de séries télé, Soreil pose des questions. Il manifeste, pour la larve de vie qu'elle lui décrit, un extraordinaire intérêt. C'en est curieux. Car la vraie vie de Thelma n'a pas débuté. Le présent est un vestibule où elle prépare son entrée. Comme les classes prépa où son père enseigne : des années de sacrifice, un investissement pour l'avenir, où le gain sera à proportion de la sueur. À quatorze ans, Thelma a commencé sa prépa-vie. Elle est en deuxième année, mais ça ne veut pas dire grand-chose, la longueur du cursus dépend de l'atteinte de critères flous, mouvants, l'Entraîneur est seul juge. Le poids est à la base de l'équation, mais il ne s'agit pas que de ça, l'objectif est plus large. Un jour, l'Entraîneur lui donnera le signal, elle saura qu'elle est prête.

Soreil observe toujours trois ou quatre secondes de silence pendant que Thelma prend place en face de lui. Une fois qu'elle est installée, il demande doucement :

— Comment vas-tu depuis la dernière fois, Thelma ?

Elle répond invariablement :

— Ça va.

Ce samedi matin, elle croise les jambes et se mord la joue. Inutile d'évoquer le malaise de la veille. Les constantes physiologiques, poids, tension, glycémie et tout le bazar, c'est l'affaire de Meunier. Soreil vaut mieux que ça.

— Je vais prendre la pilule. Enfin, peut-être.

— D'accord. Tu sais à qui t'adresser ?

D'accord, tu sais à qui t'adresser ?

C'est tout ? Il semble à Thelma que la nouvelle mérite un accueil moins flegmatique. Pour une fois qu'il se passe, ou qu'il pourrait se passer, quelque chose de trépidant dans sa vie !

— Oui, oui, c'est bon.

Soreil poursuit sur le même ton neutre :

— Est-ce que tu veux m'en parler ?

Elle meurt d'envie de savoir ce que Soreil penserait de toute l'entreprise, mais elle ne peut en divulguer que des bribes : un garçon, au lycée, plus vieux. Elle redoute qu'il lui demande si elle est amoureuse. Ce serait compliqué de faire semblant, et encore plus acrobatique de reconnaître que non, que ce n'est que la guérison en marche, elle doute d'avoir les bons mots, mais il ne pose pas la question. Il la regarde tranquillement, en clignant très peu des yeux. Elle regrette d'avoir mis le sujet sur la table et a soudain envie d'écourter la séance.

MARS

La moitié de la classe

Violette et Thelma s'installent en Zone Libre, dans le no man's land herbeux qui borde les terrains de sport et échappe à la juridiction des pions. Violette convertit son cabas en tabouret, Thelma retire son pull et s'assied dessus en tailleur, geste éminemment optimiste au vu de la température. Sur les bras de son amie, Violette note les poils foncés, assez épais, qui se dressent sur la peau claire. Le contraste est de plus en plus inesthétique, elle pensera à lui arranger ça avec de l'autobronzant avant l'été.

La chair de poule n'empêche pas Thelma de sortir son agenda. Violette soupire bruyamment. Derrière la ligne de démarcation, Thelma est bien la seule à envisager de bosser. Les autres se roulent des pelles ou fument peinards dans les derniers rayons de soleil, et si Lucas n'avait pas déménagé dans le trou du cul de la Bretagne, ils seraient sûrement en ce moment même assis là, Violette et lui, serrés l'un contre l'autre au centre d'une bande de potes. Il est de moins en moins prolixe sur sa nouvelle vie maritime (en septembre, il la submergeait de photos de plages granitiques et de selfies sur fond de catamarans). Officiellement, ils sont encore un couple. Dans les faits, peut-être qu'il a retrouvé une copine et retarde l'instant de vérité. Elle dissout la sinistre pensée sur-le-champ, avant qu'elle ne lui lacère le ventre.

En parallèle, leur cercle d'amis du collège s'est délité, un peu comme dans les films d'horreur où tout le monde se disperse par groupes de deux avant l'arrivée du tueur. Violette et Thelma ne sont plus invitées aux soirées chez Thomas, ni averties des mercredis après-midi au skatepark. Elle en veut aux autres d'avoir pris leurs distances, elle a l'impression d'avoir halluciné son année de troisième où elle était toujours fortifiée d'un groupe compact. Si Lucas et elle s'étaient séparés, à la rigueur elle aurait compris que leurs potes choisissent un camp, comme les amis de ses parents, mais ce n'est quand même pas sa faute s'il a déménagé. Pourquoi est-ce que la bande s'éloigne? Mystère. Il n'y a pas eu de mots désagréables, pas de disputes. L'arrivée d'Inès dans la classe a modifié les équilibres. Les anciens amis de Lucas tournoient désormais autour de la nouvelle comme des insectes piégés sous l'abat-jour d'une lampe. Violette a décliné une invitation en début d'année au motif que Thelma avait été exclue, mais le procédé s'est retourné contre elle, qui n'a plus été conviée non plus.

De toute façon, depuis juin dernier, Violette a l'impression d'être enfermée dans une machine à laver bloquée sur essorage. Lucas et son père l'ont plantée coup sur coup, les profs l'ont prise en grippe, ses potes d'enfance la tolèrent à peine, sa mère attaque les antidépresseurs et rencontre des types chelous sur Tinder. La seule permanence, le point fixe, c'est Thelma. Et même cet ancrage-là est en sursis. L'an prochain, elles ne seront plus dans la même classe. Si Violette passe en première (et ce sera par effraction), elle n'aura pas accès aux spécialités sélectives. Après le bulletin du deuxième trimestre, elle commence à savoir à quoi s'en tenir. Ce n'est pas une frénésie de révisions dans l'herbe humide de la Zone Libre qui modifiera la tournure des événements.

Si Thelma souffre aussi du rétrécissement de leur groupe d'amis, elle n'en parle pas. La solitude ne lui fait pas peur, elle qui passe des heures à courir, à nager, qui s'épanouit dans les sports individuels. Cette indépendance lui vaut pourtant des critiques. *Hautaine, distante.* Violette prend souvent sa défense en son absence.

Sur le terrain en contrebas, Faroy finit le javelot avec les terminale. Il repère Violette et Thelma (elles sont assises à la même place tous les soirs depuis le malaise de Thelma, il y a un mois), leur adresse un petit signe de tête. Thelma se lève, secoue son pull pour en faire tomber les brins d'herbe et le noue à sa taille. Violette regarde son amie se diriger vers le gymnase. Elle aimerait la suivre pour écouter ce qu'ils vont se dire. Selon Thelma, la conversation tourne généralement autour de VO2 max et de vitesse maximale aérobie (ou anaérobie ?). Violette peine à croire qu'on puisse tenir un mois sur de tels sujets.

Thelma, qui fait rarement les choses à moitié, s'est créé des pseudos sur kikourou.net, passiontrail.eu et courseslongues.fr parce que le remplaçant, quand il s'est présenté, a mentionné qu'il était mordu de trail. Tous les soirs à la même heure, elle passe au gymnase. Les premiers temps elle semblait stressée, mais à présent elle n'a plus l'air de ressentir d'excitation particulière, on dirait qu'elle va se laver les dents. À ce rythme, pense parfois Violette, elle est plus près de publier une thèse sur le trail que de coucher avec qui que ce soit.

Violette aimerait ne plus être la seule à l'avoir fait. Ce serait agréable de pouvoir en parler avec quelqu'un qui sait. D'un autre côté, elle n'est pas fâchée de conserver une petite avance. Ce n'est pas si fréquent. Thelma réussit toujours tout avant tout le monde, à plus forte raison avant Violette. À l'école, en sport, en tout, elle dépasse les objectifs qu'elle se fixe. Parfois aussi, elle se laisse dépasser.

Ça a commencé lentement. Elle n'a plus goûté à seize heures, s'est mise à refuser les bonbons, n'a plus rien avalé entre les repas. Ensuite à la cantine elle a réduit ses portions, elle finissait rarement son assiette et choisissait les plats que les autres évitaient, poisson, légumes vapeur, yaourts nature, pommes, ce genre de trucs. Violette pensait qu'elle arrêterait quand elle aurait atteint le poids qu'elle voulait. Enfin, c'est ce qu'elle se dit maintenant. En réalité elle ne pensait rien du tout, elle ne s'est pas inquiétée parce qu'elle avait d'autres préoccupations, Lucas et les engueulades de ses parents par exemple. C'est lorsque la mère de Thelma a pris Violette à part, après les vacances de Pâques de troisième, pour lui demander comment Thelma se nourrissait à la cantine, que Violette a compris que le petit régime entamé à l'automne avait mal tourné.

Une nuit de mai, le père de Violette a retrouvé Thelma immergée dans sa piscine en hivernage, quatorze degrés. Elle s'était mis en tête d'aller faire un peu d'aquagym à la belle étoile. Il a failli appeler les pompiers pour vérifier qu'elle n'était pas en hypothermie. Dix mois plus tard, il refuse encore qu'elle vienne dormir, il prétend que c'est trop de responsabilités.

Parfois Violette se retrouve empêtrée dans des discussions lunaires avec Thelma. Son amie grappille des informations comme une aveugle ou une amnésique. *Si ça se trouve, la moitié de la classe a remarqué qu'il y a un problème…* Violette ne sait pas comment réagir. Faut-il rassurer Thelma ou la dessiller une bonne fois pour toutes ? Mais si Thelma ne supporte pas la vérité, Violette n'aura plus personne. Alors, elle nuance : «La moitié… ? Bah ouais, ça se peut.»

Certains épisodes ne laissent pas Violette indemne. Thelma ment. Thelma lui ment. Si éhontément que même avec la meilleure volonté du monde, on ne peut pas la croire. Et qu'est-ce que ça dit de sa considération pour Violette ? Dans les bons jours, elle réussit à passer outre, à se rappeler que c'est la maladie. Leur amitié date d'avant. Violette fait un effort conscient pour ignorer l'anorexie. Certains jours, la tâche se révèle plus facile que d'autres.

Récemment, Thelma s'est mise à lui poser des questions tordues mais plus franches. Au spectacle de danse de Billie, à Noël, un groupe de filles plus âgées est entré en scène vers la fin de la représentation. L'une des danseuses détonnait. Comme les autres, elle portait une brassière blanche ornée de fausses pierres précieuses et une longue jupe dont les pans lui cachaient les cuisses, mais son ventre découvert semblait tourné du mauvais côté, creusé vers l'intérieur. Du deuxième rang on lui comptait les côtes, et ses abdominaux surgissaient en relief au moindre mouvement, parfaitement discernables sous la peau. Elle dansait avec des gestes souples. Son corps formait une verrue sur la scène, et un malaise avait saisi les spectateurs. Violette s'était demandé pourquoi la prof ne l'avait pas habillée plus que les autres ou planquée à l'arrière.

Thelma avait commenté, impassible : «Elle est maigre, non ?»

Violette avait profité de la neutralité d'un corps inconnu.

— Beaucoup trop. C'est moche.

— Par rapport à moi, tu dirais qu'elle est comment ?

Violette avait compris qu'il s'agissait d'une vraie question, posée honnêtement, de celles dont on ignore la réponse. Piégée, elle avait attendu que Thelma reformule.

— Tu dirais qu'elle est plus ou moins maigre que moi ?

— Franchement ? Franchement, vous êtes pareilles.

Thelma s'était rencognée dans son fauteuil, muette, comme assommée. Les danseurs de tous les groupes d'âge avaient rejoint la scène pour saluer, le public avait applaudi, il y avait eu du bruit, des acclamations, Violette s'était levée pour frapper dans ses mains en hurlant ouais, Billie, ouais !

Thelma ne ressort toujours pas du gymnase. Elle a laissé son pull et son sac sur l'herbe, Violette est coincée ici. Tout le monde est parti, il ne reste que Justin qui griffonne sur un bloc, le dos contre la barrière, en jetant de temps en temps des coups d'œil en direction du gymnase.

Violette referme le livre d'exercices de maths que Thelma a réussi à lui faire ouvrir avant de l'abandonner à son triste sort, et elle sort son téléphone pour écouter un peu de musique. Elle s'allongerait volontiers pour observer les nuages, mais la pelouse est trop humide.

Thelma veut coucher avec Faroy pour se sortir de tout ça. Ça ressemble à de la superstition, mais si ça a une chance de fonctionner, il faut le tenter. D'autant que Thelma, malgré sa technique de drague psychorigide, est capable de parvenir à ses fins. Elle n'a jamais rien raté de sa vie.

Première ligne

Aujourd'hui, Cécilia Gardel «fête» ses quarante-six ans.

Le point de non-retour, la chute dans les abysses.

Elle a négocié sans encombre le cap des quarante, propulsée au-dessus des considérations existentielles par les bouleversements de sa vie cette année-là : l'arrivée inespérée de Billie au terme de six inséminations infructueuses, et la montée en puissance de Chemins de Campagne, qui quittait son premier local dans la périphérie commerciale de l'agglomération pour s'établir sur le versant le plus huppé de la vallée. Billie avait eu la grâce de naître en novembre, morte-saison dans l'industrie du jardin, et rien n'indiquait qu'elle ait souffert du congé maternité réduit que s'était accordé sa mère. Cécilia situait là les signes avant-coureurs de la facilité de sa cadette. Thierry avait émis l'idée de demander à l'Éducation nationale une disponibilité de trois mois pour s'occuper de la petite avant de se raviser ; Cécilia avait apprécié qu'il ait étudié cette possibilité. À quarante ans, Cécilia embrassait le renouveau, l'espoir. À quarante-six, elle s'acquitte de la dette avec les intérêts.

Quand elle sort de la douche, il flotte dans la maison une odeur de brioche. La table est dressée, nappe de fête, viennoiseries, chouquettes, salade de fruits et baguettes fraîches soigneusement disposées dans la vaisselle de porcelaine qu'elle utilise pour ses posts Instagram. Lui vient l'idée d'immortaliser ses deux filles devant ce petit déjeuner de palace, mais elle y renonce aussitôt. La quantité déraisonnable de pains au chocolat et de croissants indique que c'est Thelma qui est allée à la boulangerie, Thelma qui passe des commandes pantagruéliques et ne touche à rien. Le congélateur dégueule. C'est peut-être ce qui horripile le plus Cécilia, cette pulsion à gaver les autres, à les resservir et les regarder manger comme s'ils se vautraient dans la fange, pendant qu'elle picore un quartier de pomme au-dessus de la mêlée.

Deux cadeaux attendent Cécilia, emballés dans du papier à pois.

Le plus gros, lourd et encombrant, lui vient des filles. Elle décolle le scotch et retourne précautionneusement le pavé pour écarter les rabats.

Elle reste sans voix.

Quelqu'un, là-haut, la teste.

Pour ses quarante-six ans, sa fille anorexique lui offre une crêpière multifonctions.

Cécilia a envie de tout plaquer, d'arrêter là. De ne jamais avoir eu d'enfants, de laisser ça aux autres, la maternité, le sens de l'humour, le second degré, entériner une bonne fois pour toutes qu'elle n'a pas signé pour ça. À quarante-sept ans, la friteuse ? L'abonnement chez Flunch ?

— Ça te plaît ? s'écrie Billie. Thelma a acheté de la chantilly, et un énorme pot de Nutella ! On peut l'essayer ce soir ?

Bien sûr qu'elle a acheté le Nutella. Elle en tartinera les crêpes de Billie à la rendre malade.

Cécilia ne parvient pas à mimer l'enthousiasme. Thierry vole à son secours :

— Une idée formidable, on va se régaler ! Tu ouvres ton autre cadeau, puceron ?

Des mois qu'il ne l'a plus affublée d'un de ses qualificatifs animaliers. Sur son épaule la main de son mari exerce une pression, légère mais impérieuse, pour diriger son bras vers le paquet. Elle s'exécute. Le deuxième cadeau est un album photo vintage qui contient ses clichés les plus réussis des filles, de Thierry ou d'elle-même jouant les mannequins dans le jardin. Elle les a tous utilisés pour Chemins de Campagne, mais n'avait jamais pensé à les inclure dans un véritable album sur papier photo. La sélection opérée par son mari fait la part belle à Thelma et Billie dans des poses plus adorables les unes que les autres. Cécilia feuillette l'album, ravie, et s'apaise un peu. Thierry a ce don du cadeau évident, de l'idée simple et juste.

Il sourit :

— Je te fais un deuxième café ?

Cécilia continue de tourner les pages. Sur celle-ci, Thelma, treize ans, pousse Billie, quatre, sur une balançoire en rotin accrochée à une branche du grand cerisier en fleurs. Leurs tenues rose pâle s'accordent parfaitement aux pétales sur la pelouse (Cécilia se rappelle les avoir disposés un à un, pour qu'ils prennent la lumière). Thelma sourit à l'objectif et Cécilia est frappée par ses joues rebondies, vestiges d'enfance. C'était quelques mois avant le déclenchement de la maladie.

Elle appréhende ce qui l'attend sur le reste de l'album. Elle sait déjà ce qui ne peut pas y figurer. Elle n'y verra pas beaucoup d'autres photos de Thelma souriante, de face. Non seulement parce qu'elle a arrêté de sourire, mais aussi parce que Cécilia a cessé de la prendre en photo. Elle ne voulait aucun souvenir de cette période qu'elle imaginait transitoire, une crise d'adolescence un peu cognée. À quoi bon immortaliser sa fille à son pire moment ? Mais la situation s'est enlisée et pour toujours il manquera un an d'images dans une rétrospective sur Thelma. Elle apparaît parfois de dos, une ombre dans le jardin. Ou par hasard, sur quelques photos de vacances.

La plage : la torture à son apogée. Cécilia voudrait lui interdire de se mettre en maillot de bain. Les regards scrutent la bête malade avant de s'attarder sur la mère, forcément défaillante, qui manque à son devoir le plus basique, nourrir sa progéniture, et elle surprend des bribes de commentaires : quelle pitié de laisser une gamine dépérir comme ça, avec moi je te prie de croire qu'elle mangerait, à un moment donné c'est une question d'autorité, après la guerre si tu crois que les jeunes s'affamaient, je parie que les parents sont collés à leurs téléphones, une petite qui enchaîne les régimes ça ne vient pas de nulle part.

Cécilia ne supporte ni le chapelet de conneries ni les mimiques compatissantes. Alors, à la mer, elle nage. Elle crawle d'une bouée à l'autre et livre sa fille en pâture. Est-ce que Thelma perçoit sa honte ? Elle a honte d'avoir honte d'un enfant malade.

L'été prochain, si on en est au même point, ils partent à la montagne. Pauvre Thierry, qui déteste la randonnée.

Thierry, son roc. Il parvient encore à parler calmement avec Thelma, à maintenir une distance par rapport à cette fichue maladie, à distinguer leur fille de l'être chétif, obstiné, à tendance maléfique qui vit avec eux.

Le regard des autres pèse moins lourdement sur lui. Ne pas se trouver en première ligne, ça doit donner de l'oxygène. Pour Cécilia, c'est la double peine. Implicitement, on l'accuse d'être pour quelque chose dans les troubles de sa fille.

Ou alors on lève un sourcil en apprenant qu'elle poursuit son activité professionnelle «comme si de rien n'était». La formule est de ses parents. De ses propres parents. Comme si le temps passé à développer Chemins de Campagne empiétait sur sa capacité à mitonner de bons petits plats. Un comble, de la part de soixante-huitards qui ont élevé Cécilia aux valeurs féministes et aux surgelés.

De toute façon, le psychiatre de Thelma déconseille de bouleverser l'organisation familiale. Cécilia ne doit pas s'obliger à «ralentir». Cela pourrait entraîner, à l'opposé de l'effet attendu, une focalisation morbide. À moins, avait-il prudemment ajouté, que ralentir soit son choix.

Ce n'est pas son choix.

Cécilia a débuté dans la vie professionnelle en tant que commerciale chez un prestigieux marchand de meubles, Perdron & Fils. Elle s'entendait très bien avec le fondateur, qui appréciait «son intelligence du produit». Trois jours après sa première fausse couche, dont elle n'avait évidemment informé personne sur son lieu de travail, Jacques Perdron avait confié à Cécilia une négociation cruciale. Son corps se remettait à peine, mais elle avait sauté sur l'occasion de ne pas se morfondre.

Un directeur des achats l'avait reçue avec condescendance et deux heures de retard, pour marquer son agacement d'être abandonné aux bons soins d'une collaboratrice. Il n'avait cessé, ensuite, d'interrompre la présentation de Cécilia pour décrocher son téléphone ou mentionner que l'heure tournait – n'avait-elle pas des enfants à récupérer quelque part?

Deux autres acheteurs étaient entrés dans la pièce avec des gobelets de café fumant. À Cécilia, on n'avait rien proposé.

Techniques de la vieille école, destinées à arracher quelques points de remise – en temps normal, elle n'aurait pas cillé. Mais ce jour-là, chaque crampe de son bas-ventre lui rappelait l'absurdité de se trouver là, à servir de distraction à trois trous du cul désœuvrés. Et les saignements qui reprenaient. Elle a fini par rabattre d'un geste excédé l'écran de son ordinateur.

— C'est l'heure d'aller chercher les enfants ?

Une crampe, plus violente que les précédentes. Elle grimace. Six yeux l'observent expirer longuement. Un répit, le temps de se lever.

— Mon mari s'occupe de la crèche, mais vous avez raison, la famille avant tout. Combien de petits-enfants avez-vous, monsieur Jarrot, si ce n'est pas indiscret ?

Monsieur Jarrot ne l'avait pas raccompagnée. Le lendemain, l'affable Jacques Perdron s'était étranglé.

— Cécilia enfin… Vous avez traité le directeur de la centrale d'achat de grand-père ?

— Il m'a traitée de mère.

— *Il vous a traitée de mère* ? Vous êtes mère, Cécilia, non ? De votre petite Emma… Thelma ! Dieu du ciel, dans quel monde est-ce une insulte ?

— Une question de ton, Jacques, et de sous-entendus.

— Je crois que je comprends ce que vous dites, enfin j'essaie, croyez-bien que j'essaie, et vous avez raison de ne pas vous laisser marcher sur les pieds – si tant est que cela ait été leur intention – mais il y a un lieu et un moment pour les revendications… Dans un cadre professionnel… A fortiori avec ce compte-là !

Jacques avait fermé les yeux quelques instants.

— Je bouclerai moi-même la négociation. Cela ne vous dispensera pas de présenter des excuses convaincantes.

Elle n'avait rien présenté du tout, hormis sa lettre de démission. Jacques Perdron avait d'abord tenté de la raisonner – voyons Cécilia voyons vous n'êtes pas sérieuse, ne parlons plus de cet incident, puis il s'était résigné.

Huit mois et une seconde fausse couche plus tard, elle déposait les statuts de Chemins de Campagne.

C'était il y a douze ans. Aujourd'hui, l'entreprise emploie cinq personnes et assure soixante-dix pour cent des revenus de la famille Gardel. On se déplace du département limitrophe pour se meubler chez elle.

Est-ce qu'elle renoncerait à toute ambition professionnelle pour garantir la guérison de Thelma ? Sans doute. Mais elle a passé l'âge des pensées magiques. Son sacrifice ne changerait rien, tout le monde sortirait perdant.

En tout état de cause, personne n'a jamais suggéré à Thierry de « ralentir ».

Cécilia referme l'album photo et embrasse son mari.

— Content que ça te plaise. Bon, je file chez Decathlon, je rentre avant le déjeuner, le gratin est prêt, il suffira de réchauffer.

— Tu ne devais pas y aller hier ?

— J'ai eu trop de copies.

Ce sera donc un samedi matin entre filles. Cécilia ne travaille jamais le jour de son anniversaire. Billie grimpe sur ses genoux.

— J'ai une super idée, maman dis oui s'il te plaît : on fait un vide-dressing ?

Chaque année, Cécilia allège ses placards, ce qui donne lieu à de grands essayages avec ses filles. L'opération occupe la journée, Billie saute partout et pose devant la glace drapée de tout ce qui brille. Sous les vivats du public, Cécilia finit toujours par accepter de ressortir sa robe de mariée.

La dernière édition a été moins festive que les précédentes. C'est ce jour-là, il y a un an précisément, qu'elle a mesuré l'ampleur de la perte de poids de son aînée. Thelma s'était penchée pour attraper une jupe, et ce qu'elle avait vu alors avait laissé Cécilia sans voix. De chaque côté de l'élastique de la brassière, les vertèbres affleuraient, la colonne formait une scie acérée sous la peau du dos, prête à déchirer sa fille de haut en bas. Après avoir retrouvé ses esprits, elle avait contraint Thelma à grimper devant elle sur la balance au milieu des fripes éparpillées. Son cœur avait sauté une pulsation en lisant le chiffre, elle avait pesé Billie, puis était montée elle-même sur la machine pour vérifier que l'engin fonctionnait. La semaine suivante, le diagnostic médical était posé.

Billie rapporte de la buanderie le bac de pinces à linge pour maintenir les vêtements de sa mère autour de sa taille. Cécilia extrait des cintres de la penderie.

— Je vous laisse fouiller, les filles. Je vais passer un coup de fil à la boutique. Vous repliez tout ensuite, hein ?

— Reste, maman, c'est moins drôle sans toi !

— Je fais au plus vite, réplique Cécilia en caressant la joue de Billie. Thelma t'aidera avec les pinces.

Elle quitte la pièce précipitamment. Elle n'a pas envie de constater que ses filles de quinze et six ans n'ont plus que deux tailles de pantalon d'écart.

Si elle peut s'épargner ça.

Au moins aujourd'hui.

Trahir

— Joyeux anniversaire ! claironne Violette à Cécilia qui lui ouvre la porte.

Violette dort chez les Gardel. Sa mère l'a déposée en voiture en bas de la butte aux Chevreuils sans s'attarder, signe qu'elle prévoit de sortir de son côté. Violette ne l'a pas interrogée : elle ne souhaite pas particulièrement obtenir de réponse.

— Merci Violette. Je ne savais pas que tu connaissais la date ! Thelma vient de rentrer, vous êtes parfaitement synchronisées. Donne-moi ton manteau.

Violette tend sa parka. Cécilia reste un moment plantée là, le vêtement sur le bras, à fixer silencieusement sa propriétaire, au point que Violette se demande si elle a correctement rincé son gommage désincrustant au charbon. Elle frotte le cartilage entre ses narines à l'endroit où le produit s'accroche parfois, inspecte le bout de son doigt, mais non, rien à signaler. Il s'écoule encore un paquet de secondes gênantes pendant lesquelles Cécilia la scrute sans parvenir à accoucher. Violette n'est pas télépathe non plus.

— Thelma est en haut ?

La question ramène Cécilia parmi les vivants. Elle est dans sa chambre, vas-y, monte.

En haut de l'escalier, Violette passe devant le bureau du père de Thelma. Vide. Tant mieux ; elle se sent systématiquement merdeuse en présence de Thierry Gardel. Elle le connaît depuis plus de dix ans, mais depuis quelques trimestres, elle flippe qu'il décide de s'occuper de son cas – il est prof de maths. À l'idée de se faire interroger sur le programme d'arithmétique entre le tzatziki et les tomates cerises, elle a des suées.

Thelma sort de sa chambre en tenue de sport, des vêtements pliés à la main.

— Ah, tu es là, cool ! Je suis allée courir, je prends une douche, j'en ai pour cinq minutes.

Violette s'installe sur le lit de Thelma pour l'attendre. À l'instant où l'eau commence à couler dans la salle de bains, Cécilia apparaît dans l'encadrement de la porte.

— Je peux te parler ?

Violette a un peu de mal à voir comment elle pourrait dire non. Elle s'adosse au mur, vaguement inquiète.

— Selon toi, attaque directement Cécilia, comment va Thelma en ce moment ?

— Ben… ça va, je crois.

— Elle a encore maigri.

— Ah ? Ça ne se voit pas tellement, si ? Enfin, qu'il y a un changement, je veux dire.

— Est-ce qu'il s'est passé quelque chose récemment ? Un événement qui l'aurait perturbée ?

— Je ne crois pas.

— Cherche bien. Parle-moi honnêtement, Violette, c'est important.

D'ordinaire, Violette envie à Thelma la flamboyance de sa mère. Elle s'estimerait heureuse de devenir ce genre de femme. Elle aime sa manière de s'habiller, de se chausser, de parler, d'évoluer dans la vie comme si elle était certaine d'y tenir le rôle principal, avec une assurance tranquille. C'est gênant de la voir s'abaisser ainsi à mendier des informations en douce, pieds nus sur la moquette.

— Non, non, franchement, rien de spécial au lycée.

— Et en dehors ? Elle continue à discuter sur les réseaux… ? Tu sais qu'elle n'a plus le droit d'aller sur Tumblr.

— On n'en parle pas trop ensemble.

C'est vrai. Thelma compartimente. De sa vie virtuelle, Violette sait peu de choses. Seulement qu'à une époque, elle fréquentait assidûment les blogs de nutritionnistes et de coachs sportifs. Des sites en apparence sains. Rien de commun, en tout cas, avec ce que la presse appelle le contenu *pro-ana* : photos de corps décharnés en position fœtale, menus à trois cents calories, conseils pour faire croire qu'on mange sans manger, et (c'est le plus stupéfiant) *poèmes* à Ana et Mia, des espèces de muses ou de mascottes pour l'anorexie et la boulimie. Violette a mené son enquête sans jamais atterrir sur des pages aussi sulfureuses ; mais ça ne prouve rien, sinon qu'elle-même n'a pas été initiée. Des témoignages de malades, ça oui, elle en a trouvé à profusion. Des appels à l'aide, des récits de guérison, des demandes de diagnostic. Un réseau d'entraide étrange où l'on s'envoie des petits cœurs à chaque granny smith avalée. Nulle trace d'une société secrète.

— Non, mais vraiment, je crois que ça va, Thelma a des projets…

— Des projets ?

— Il y a un garçon qu'elle aime bien…

Voilà. Stop.

Cécilia sourit faiblement :

— Un garçon ?

— Oui, mais bon, c'est compliqué.

La ferme, Violette.

Après une courte pause, la mère de Thelma repart à la charge.

— Pourquoi compliqué ? Elle risque d'être déçue ?

— Non… enfin je ne sais pas… il est un peu plus vieux.

Cécilia hoche la tête. Violette ne parvient pas à déchiffrer son expression. Puis, sans prévenir, la mère de sa copine entame une tirade sur les peines de cœur à l'adolescence, la douleur des premiers chagrins, la force vitale qu'on acquiert en les surmontant – et ça a l'air de la renvoyer davantage à sa propre jeunesse, il y a un siècle, qu'à ce que subit Violette en ce moment, là, juste sous les yeux de Cécilia. Pas un mot de réconfort, pas une question sur ce qu'elle traverse, elle. Et ça irrite Violette, cet égoïsme, cet aveuglement, cette absence totale d'empathie et de délicatesse : Thelma a forcément mentionné à ses parents le déménagement de Lucas ?

Même pas sûr.

À cette idée, Violette s'enflamme. Que le reste du monde en chie, ça ne compte pas pour les Gardel. Les autres n'existent que pour les admirer ou les plaindre. Violette ne nie pas leurs difficultés, mais le reste du monde aussi a des putains de difficultés de temps en temps, et ça leur ferait du bien d'ouvrir un peu les yeux, tous autant qu'ils sont ; dans la famille Gardel je demande la fille, je demande la mère, je demande le père, même pas foutu de proposer son aide en maths celui-là – qu'elle refuserait d'ailleurs, il ne manquerait plus que ça, qu'il tente, ça la ferait bien rire, tiens.

— C'est notre prof d'EPS.

C'est sorti comme un pet. Catastrophique, irrattrapable.

Cécilia se gratte le côté de la tête, juste au-dessus de l'oreille. Elle s'apprête à dire quelque chose, mais se retient ; elle doit se rendre compte en même temps que Violette que dans la salle de bains, l'eau ne coule plus.

Indulgence

Les parents d'élèves sollicitent rarement Guillaume Faroy pour des entrevues formelles. Quand cela se produit, il n'y a pas matière à se réjouir : le Parent est soit trop remonté, soit trop procédurier pour se contenter de la bonne vieille rencontre « à l'improviste ».

Le premier problème de Guillaume consiste à décider où se tiendra le rendez-vous : il n'a pas envie de réquisitionner une salle de classe, mais dans le gymnase il n'y a rien pour s'asseoir – à moins de s'installer sur les bancs des vestiaires, lieu peu propice à la résolution de problèmes épineux. Au moment où monsieur et madame Gardel se présentent devant lui, il n'a pas encore tranché. La mère de Thelma (chef d'entreprise, lui a appris la fiche remplie le jour de la rentrée) devance son prof de maths de mari. C'est une belle femme, la quarantaine, joli port de tête, allure sportive – il parie sur une nageuse. Thierry Gardel, brun, relativement svelte – tennis ou vélo le dimanche – la dépasse de quelques centimètres. Tous deux ont l'air préoccupés.

Guillaume expédie les salutations d'usage.

— À propos du malaise de Thelma…

— C'était le mois dernier, inutile de revenir dessus, coupe Cécilia Gardel.

Elle se tourne vers son mari qui a un frémissement des narines, glisse ses mains dans ses poches et regarde vers les paniers de basket.

— C'est un peu délicat, reprend son épouse. Thelma, ça ne vous aura pas échappé, souffre de troubles alimentaires. En gros, il faudrait qu'elle prenne douze kilos pour avoir un poids en rapport avec sa taille.

— Effectivement, elle n'est pas épaisse. Mais si ça peut vous rassurer, elle a de l'énergie à revendre en sport !

— Ça fait partie du problème.

— Heu oui, bien sûr.

— Il se trouve – peut-être êtes-vous au courant – que Thelma a un faible pour vous. Un *crush*, si je ne me trompe pas d'expression !

Thierry Gardel se masse la tempe gauche. Cécilia a beau sourire de manière engageante, Guillaume se demande ce qui lui tombe dessus. *Peut-être êtes-vous au courant.* Est-ce qu'ils l'accusent de quelque chose ? Que faut-il lire entre les lignes ? Des loupiotes clignotent dans tous les sens.

Thelma passe souvent le voir en fin d'après-midi, pour aborder, l'air grave, des questions techniques sur le trail. Jamais le moindre sous-entendu : venant d'une adolescente aussi austère, ça sauterait aux yeux. Guillaume ne peut nier, pourtant, qu'il aime bien cette gamine. Sa détermination, son tonus et sa fragilité le touchent. Au rugby, il la replace systématiquement au cœur de l'action pour qu'elle s'exprime sur le terrain. Un malentendu lui coûterait sa titularisation. Il soupèse chaque mot.

— Je suis navré si elle a mal interprété quelque chose, bien que je ne voie vraiment pas de quoi il peut s'agir. Elle ne m'a rien dit. Je l'aurais évidemment découragée sans ambiguïté…

Cécilia Gardel l'interrompt à nouveau :

— Il faut que vous compreniez bien la situation. Thelma est susceptible de se faire hospitaliser du jour au lendemain.

Nous longeons une ligne de crête depuis des mois.

— Je suis désolé d'entendre ça. J'aurais dû m'en rendre compte. Elle dégage une telle énergie... Enfin bref. Comment est-ce que je peux vous être utile ?

— Si jamais elle se déclarait, il ne faudrait pas la décourager, dit Cécilia Gardel.

— Pardon ?

— Peut-être que vous pourriez, je ne sais pas, l'emmener faire du roller ? Ou une balade à vélo ?

Guillaume la regarde sans comprendre.

— Tous les deux ? Elle et moi ?

Cécilia Gardel opine du chef. Elle n'a pas l'air de plaisanter.

Le mari semble subir la conversation autant que lui : c'est peut-être de là que viendra le salut.

— Monsieur Gardel, vous êtes prof aussi, je crois ?

— C'est exact, en classes préparatoires.

— Vous emmèneriez une de vos élèves faire du roller ? Ça vous semblerait normal ?

— *Normal ?* répète-t-il avec une intonation aiguë.

Thierry déglutit puis sa voix s'affermit :

— Non, ça ne me semblerait pas normal. Malheureusement, nous n'en sommes plus à décider de nos actions parmi un échantillon de solutions normales. Imaginez-vous, monsieur Faroy, assister au délabrement du corps de votre enfant, sans pouvoir faire quoi que ce soit pour l'aider à se sortir d'une maladie qu'en dépit de tous vos efforts, vous ne comprenez pas. Imaginez-vous enlever les piles de la balance tous les soirs de peur qu'elle passe la nuit à se peser. Imaginez-vous fouiller sa chambre à la recherche de laxatifs ou renifler les toilettes après les repas pour détecter une odeur de vomi. Rien de normal dans ce que je vous décris, n'est-ce pas ? Et pourtant, depuis plus d'un an, c'est notre nouvelle normalité. Alors, pour être honnête, je ne suis pas tout à fait en phase avec l'idée de ma femme, mais pour l'instant, je n'ai pas mieux à proposer. Thelma a besoin de préoccupations de son âge.

Guillaume vacille. Il proteste encore :

— Mais sans doute qu'un camarade de son âge, justement...

— Pour ne rien vous cacher, ça nous aurait arrangés.

Guillaume rajuste la visière de sa casquette.

— Qu'est-ce que vous attendez de moi, au juste ?

— Rien de plus que ce que ma femme vous a dit : témoigner de l'attention, peut-être de l'affection à Thelma, pour l'aider à se rassurer, à reprendre confiance en elle.

Guillaume traverse le gymnase d'un pas raide pour décrocher un tapis de sécurité du mur en face. Il détache les sangles et le tracte lentement, en marche arrière, en direction des parents de Thelma. D'un geste, il invite les visiteurs à s'asseoir. Cécilia Gardel lisse sa jupe et s'installe, Thierry Gardel reste debout, Guillaume s'accroupit sur le linoléum.

Il réfléchit. Il ne demeure jamais passif à côté d'un ado en souffrance, c'est la principale raison qui lui a fait choisir cette voie professionnelle. En outre, il ne s'encombre pas d'une interprétation rigoriste des règles, ce qui ne lui réussit pas toujours, mais là... une suspicion de relation avec une élève de quinze ans, du pénal, tout bonnement.

Cécilia Gardel s'éclaircit la voix.

— Nous pourrions vous fournir un écrit.

— Excusez-moi ?

— Une lettre qui stipulerait que vous avez établi un lien privilégié avec Thelma à notre demande. Datée et signée.

La suggestion arrache à Guillaume un rire nerveux. Il devrait les envoyer paître, avec leurs idées tordues et leur trafic d'indulgences, mais ils ont l'air tellement perdus qu'ils lui inspirent autant de compassion que de répulsion.

— Vous me prenez au dépourvu, laissez-moi réfléchir à toute cette histoire.

Il en parlera à sa sœur. *Je suis dans une merde, Marie, tu ne le croiras pas.*

La mère bondit sur ses pieds avec un sourire gorgé de trop d'attentes et Guillaume s'inquiète d'avoir entrebâillé la porte. Il les raccompagne à la sortie du gymnase. Au bout d'une vingtaine de mètres, Thierry Gardel fait demi-tour et trotte vers Guillaume.

— Juste un point. La relation privilégiée que nous envisageons… serait bien entendu de nature… essentiellement platonique.

— C'était très clair de mon côté, s'empresse-t-il de confirmer, sans relever, ce qui ne lui semblerait pas opportun, l'étrange emploi de l'adverbe.

Karma

Une semaine que Violette a trahi. Une semaine qu'elle se traîne un mal de ventre de veille de règles. Hasard ou pas, quand elle est assise à côté de Thelma, sept heures par jour en moyenne, les crampes au bide sont exacerbées.

— Pssst ! Vio !

Violette, presque allongée sur sa table pour écrire sa version d'anglais, la tête soigneusement tournée du côté opposé, ne bouge pas. Thelma doit attribuer son humeur morose à d'autres causes, Violette ne manque pas de raisons de faire la gueule cette année, c'est l'avantage.

Est-ce qu'elle regrette ? Objectivement, le projet n'est pas sain, on ne décide pas de se taper un prof juste comme ça, sans sentiment ni rien, ce n'est même pas légal, et très égoïste en plus : si Thelma couche avec lui, Faroy peut carrément aller en prison, Violette a vérifié. Certes, à s'entretenir de gels énergétiques ou de je ne sais quelle semelle antidérapante à raison de cinq minutes par soir, on peut encore voir venir, et Violette n'était pas obligée de déclencher l'alerte nucléaire.

Elle n'accompagne plus Thelma en Zone Libre après les cours, au prétexte que ses parents ont mal vécu le bulletin du deuxième trimestre (vrai) et exigent désormais qu'elle rentre directement faire ses devoirs (faux). Thelma a eu l'air de trouver l'accès de sévérité compréhensible, bien que Nicolas et Mélanie Pichon n'aient jamais été des ayatollahs du travail scolaire. Le soir, du coup, Violette bosse plus que d'habitude, surtout en maths – une pénitence pour lever son mauvais karma.

Thelma lui enfonce un doigt dans la cuisse, ce qu'elle peut difficilement faire semblant de ne pas remarquer. Elle redresse la tête, l'index relâche la pression. Thelma fait glisser son autre main, paume à plat contre la table. Violette réceptionne le bout de papier dont le message tient en une demi-ligne : « RDV avec GF ce soir !!!! »

Violette écarquille les yeux à se les expulser des orbites.

— Whaaaat ?

— Il m'a proposé d'aller boire un Coca, chuchote Thelma.

— T'es pas sérieuse ?

Big Bern tourne la tête vers elles.

— *Violette, Thelma, are you done with the assignment?*

— *Ah no no no, not at all, sorry.*

Violette parcourt la phrase suivante à traduire, mais ses yeux suivent les contours des mots sans leur imprimer de sens. Elle est sciée. Faroy. Thelma envoie du lourd. Comme d'habitude. Encore plus que d'habitude.

Brasserie

Thelma ne ressent pas l'émotion qu'il faudrait. Son cœur bat à peine plus rapidement que son rythme de croisière, aucun papillon ne se balade dans son ventre, elle n'éprouve aucune des sensations documentées dans les romans – juste l'anxiété classique de passer pour une cruche sans conversation. Au-dessus des lavabos, Violette, les yeux embués, tremble en maniant le bâton de rouge à lèvres, comme si c'était elle qui avait rendez-vous. Pour les fringues, on ne peut pas produire de miracle avec un préavis aussi court. Thelma porte un jean Levi's en 24 qui ne bâille pas trop, une blouse rayée aux manches bouffantes, des baskets blanches et une veste en faux cuir noir, pas de pull-over, des sous-vêtements de coton vert pâle.

Elle entre dans la brasserie du Virage et l'aperçoit, installé au fond de la salle, sur une banquette en skaï bordeaux. Son téléphone est posé sur la table, à côté d'une bouteille de Perrier. Elle pousse un soupir de soulagement. Quand il lui a proposé d'aller boire un *Coca*, son cerveau s'est emballé (imaginons qu'il commande deux Coca tout court, sans préciser *light* ou *zéro*, qu'elle n'ait pas le temps de rectifier auprès du serveur ? Il faudrait faire diminuer le niveau de liquide dans le verre sans rien absorber, mission qui lui pomperait toutes ses ressources, l'empêcherait de réfléchir, lui ferait proférer des stupidités).

Des écouteurs blancs dépassent des oreilles du prof, en pleine conversation téléphonique. Elle hésite à rebrousser chemin pour revenir plus tard, mais il l'aperçoit et lui adresse un signe de la main.

— Marie, Thelma est là, je te rappelle. Hello Thelma, assieds-toi. Qu'est-ce que tu veux boire ?

— Comme vous, un Perrier, c'est super. Merci.

Pas de cacahuètes sur la table, Thelma n'aura pas à se retrancher derrière les cinquante traces d'urines différentes dans les cacahuètes de bar.

— Comment ça va, Thelma ?

— Ça va, merci.

Il porte un jean noir délavé, c'est étrange, elle n'a pas l'habitude de le voir en tenue de ville et sans casquette. Les manches de son pull sont retroussées jusqu'au coude. Il s'est changé depuis ce midi, quand elle l'a croisé à la cantine et qu'il lui a proposé de le retrouver ici.

— J'avais envie de te raconter quelque chose.

Il s'interrompt pendant que le serveur décapsule la bouteille de Thelma. Elle verse l'eau gazeuse dans son verre, lentement, pour conserver le plus longtemps possible quelque chose à faire.

— Tu veux savoir pourquoi je suis devenu prof de sport ? Tu gardes ça pour toi, hein, c'est très personnel.

Thelma est toute disposée à écouter un monologue. Elle va juste sourire et hocher la tête.

— J'ai perdu ma mère quand j'avais sept ans. Elle est morte dans un accident de la route.

Elle va juste hocher la tête.

— À partir de cette époque, mon père a eu des problèmes de dépendance à l'alcool. Avec ce que ça implique de difficulté à maîtriser ses nerfs et, parfois, d'accès de violence.

Thelma n'ose plus remuer un cil. Elle n'en revient pas de tant de confidences. Est-ce d'être allée le voir presque tous les jours au gymnase? Faroy raconte comment, à l'adolescence, il a cru prendre le même chemin, à raison d'une ou deux cuites carabinées par semaine. Un matin, sa sœur jumelle, Marie, l'a surpris endormi la tête sur la cuvette des toilettes et lui a vidé une bassine d'eau glacée sur la nuque. Elle l'a regardé éponger, a sorti un jogging de l'armoire et l'a forcé à l'accompagner courir. Il a vomi ses tripes à l'aller et au retour. Marie l'a pris en photo, plié en deux au-dessus d'un buisson, et a réalisé un montage où le cliché figurait sur une fausse une de *L'Équipe* qu'elle a scotchée au miroir de leur salle de bains.

— Format A2, énorme, plastifiée et tout. Je dois encore l'avoir quelque part… pour ne pas oublier.

À sa manière solennelle et émue d'évoquer ce souvenir, Thelma comprend qu'il lui décrit un moment fondateur, un point d'inflexion. Sûrement sa version personnelle du début de la vraie vie.

Faroy avale une gorgée de Perrier.

— Tu vois, Thelma, la bassine, la photo, ce sont des impulsions, mais ça ne suffit pas. Pour tenir sur la durée, il n'y a que le sport.

Il s'est mis à courir partout où l'on peut courir et à beaucoup d'endroits où l'on ne peut pas, des parcours de plus en plus longs et accidentés où il s'agissait parfois de kilomètres à engranger, parfois de ratios entre distance et dénivelé. Les grands espaces, le bruit des chaussures sur la terre, les cailloux qui roulent, la découverte des paysages : la passion du trail l'a emporté. Thelma, enfin, entre en terrain connu. Elle a suffisamment potassé le sujet pour soutenir n'importe quelle conversation technique sur les gilets d'hydratation ou les indices de performance. Mais Faroy conclut déjà :

— Dans ce sport, tu ne peux pas t'autoriser une goutte d'alcool, ton niveau s'en ressent immédiatement.

Il ne s'imagine quand même pas qu'elle boit ?

— On n'a jamais parlé ensemble de ce qui ne va pas, mais si tu as besoin d'aide, tu peux compter sur moi. Je connais mal ce que tu traverses, mais de ce que je comprends, il s'établit une sorte de dépendance. L'addiction, je maîtrise. On peut en parler.

Thelma se fige puis se met à trembler. Elle tremble de colère, de déception, de frustration. De quel droit est-ce qu'il évoque « ce qu'elle traverse » ? *On peut en parler.* Mais non, pas du tout, on ne peut pas du tout en parler !

Et il insiste, carrément lourd maintenant, je ne laisse pas tomber mes élèves.

Ses élèves. Putain : *ses élèves* !

Elle s'est complètement plantée.

Ce n'est pas qu'elle tombe de haut. Elle n'a jamais eu de certitude. Évidemment, il y avait peu de chances qu'un type comme Faroy s'intéresse à une *élève* même pas fichue de figurer parmi les meufs baisables de la classe.

L'Entraîneur triomphe. Qu'est-ce qui lui a pris d'espérer qu'un prof – *un prof !* – serait troublé par Thelma Gardel ? Qu'est-ce qu'elle croyait, au juste ? Qu'il l'attendrait au milieu de la brasserie avec un bouquet de roses ? D'ailleurs, qu'est-ce qu'elle a fait exactement pour le séduire, à part ruiner Violette en soutifs qui lui irritent les côtes à défaut de lui maintenir des seins ?

Pour Faroy, elle n'est qu'une petite chose qui sombre, une petite chose à sauver.

— Ça t'embête, que je te parle de ça ?...

Elle déteste cette voix posée qui lui va si mal, elle le préfère au naturel, quand il vocifère, allez les chochottes, on se bouge la nouille. Il faut qu'elle dise quelque chose ou il va croire qu'elle fait un AVC et attribuer ça à la cause de tout, parce que ça leur arracherait la gueule, à tous, de voir un peu plus loin – combien de fois on lui a répété les statistiques, sept à dix pour cent de décès et le plus fort taux de suicide parmi les troubles mentaux gna gna gna. Thelma n'a pas besoin qu'on l'empêche de se tuer, elle a besoin qu'on ne l'empêche pas de vivre, qu'on arrête de la ménager et de l'emballer dans du coton. Ça n'avait pas l'air d'être le truc de Faroy, le coton, et pourtant !

Elle marmonne qu'elle doit récupérer sa sœur Billie à la danse. Faroy répond comme s'il la croyait, grand soir à la Comédie française, file vite, on en reparle.

Juste avant de partir pour de bon, elle se retourne, rageuse :

— Non, mais vraiment, je vous jure, ça va !

— Tant mieux ! J'ai quelque chose à te proposer, on verra ça tranquillement une autre fois.

C'est cela, oui.

Dans son compte-rendu à Violette, le soir, Thelma déploie des trésors d'autodérision pour minimiser la déconvenue. Une histoire avec Faroy ? Bon délire, ha ha ha. Sous les pouces, les mots accrochent. Thelma se sent aspirée au fond d'un bassin qu'on vidange. L'Entraîneur a ôté la bonde et regarde tournoyer, apathique, vaincue, une bouée crevé tractée par un tourbillon d'eau sale. Il lui fait payer la tentative d'évasion. Il exige qu'elle se flagelle. Elle a essayé de lui échapper – s'enfuir avec un prof de sport, en plus, est-ce qu'elle mesure l'ironie ? Brûler les étapes, voilà ce qu'elle a cherché à faire : et pour quel résultat ? Éclatante réussite ! Est-ce qu'elle se porte mieux, de s'être vue malade dans les yeux de Faroy ? Elle n'a plus de larmes. L'Entraîneur radoucit le ton. Rien n'est perdu. Le chemin est long, mais la récompense sera à la hauteur de la peine. Les faibles n'obtiennent rien. On l'aimera lorsqu'elle aura atteint ses objectifs, quand son corps sera prêt pour la vraie vie, sublimé par les privations. Alors elle aura tout, ce sera le début de tout. Elle est sur la voie. Continuer les efforts, avec humilité et constance, ne rien anticiper. Un jour, elle séduira quelqu'un. C'est prévu. Mais pas encore, pas tout de suite ; et pas toute seule : il lui donnera le signal, il sait ce qui est bon pour elle. D'ailleurs, est-ce qu'elle sait ce qui lui ferait du bien, maintenant ?

Elle sait à quoi il pense. Mais elle est si fatiguée. Elle marchande. Double séance demain, plutôt ? *Demain, Thelma ? Demain, vraiment ?* Elle n'a pas la force de le décevoir à nouveau. Elle se mouche et attrape son short de sport.

AVRIL

Le fond de la piscine

Elle perd deux kilos en quelques jours, ça n'a jamais été aussi facile, ils s'évaporent. Aucun appétit, aucune sensation de faim. Elle abandonne les manettes à l'Entraîneur pour se reposer, ne plus lutter, laisser toute la place dans sa tête à une unique volonté. Elle se pèse dans le grenier où ses parents planquent la balance, grâce au jeu de piles qu'elle garde dans le tiroir de son bureau. Satisfaction jubilatoire de voir baisser les chiffres, de sentir qu'elle regagne, gramme après gramme, la confiance de l'Entraîneur.

Elle se cache sous des vêtements amples malgré le soleil d'avril et bénéficie d'un concours de circonstances favorable : Meunier a pris des congés et sa remplaçante ne travaille pas les mercredis. À la prochaine pesée, elle va dans le mur. L'hôpital, pour de bon. On lui posera une sonde gastrique qui lui injectera des calories directement dans l'estomac. Elle est mineure, ils la gaveront en toute légalité, elle passera les vacances d'été avec un tuyau translucide à l'intérieur de la gorge dans une petite chambre jaune qui puera le désinfectant. Elle enflera de partout. Ils la garderont jusqu'à ce qu'elle accepte d'habiter un nouveau corps boursouflé.

De cette torture, l'Entraîneur concevra de la fierté : on en sera à l'étape ultime.

Sur les forums, elle rassemble un maximum d'informations en préparation de son calvaire. Certaines prétendent que leur séjour a marqué le début de la guérison, d'autres qu'elles ont passé leur temps à mentir, feinter, cacher la nourriture, que c'était encore pire après. Une fille décrit la présence de la sonde nourrissante en elle comme un viol, une autre affirme qu'elle préfère se réalimenter de cette manière, à l'aveugle, sans avoir à mâcher et déglutir, sans la pesanteur de la digestion. Thelma a du mal à se représenter un corps étranger déversant en continu des substances à l'intérieur d'elle. Comment l'Entraîneur pourra-t-il tolérer une telle intrusion ?

À la fin du mois, juste avant que Meunier revienne de congés, elle prévient son psychiatre qu'elle annulera peut-être les prochaines séances parce qu'elle risque d'être hospitalisée. Qu'il ne soit pas mis devant le fait accompli. Soreil apparaît légèrement surpris.

— C'est une recommandation du médecin généraliste ?

— J'ai perdu du poids, j'étais déjà à la limite basse. Ça me fait peur.

— Qu'est-ce qui vous fait peur ?

Trop de réponses possibles. Elle a peur de continuer à maigrir, peur d'arrêter de maigrir, peur de grossir, peur d'être hospitalisée, peur de guérir, peur de changer, peur de n'être plus rien, peur de rechuter, peur de repartir pour un tour, peur de ne jamais s'en sortir, peur que ça se termine.

— J'ai peur de tout, ça n'a aucun sens.

— La peur est un signe de lucidité.

— Dans mon cas, vraiment pas.

— Je ne suis pas tout à fait d'accord.

— La preuve : la seule chose dont je n'ai pas peur, c'est de mourir.

— Et ça vous semble absurde.
— Pas à vous ?
— Je vous trouve aussi lucide qu'on peut l'être.
Soreil lui manquera, à l'hôpital.

La fée

C'est si rare qu'on dîne au restaurant que Billie a voulu une coiffure spéciale, un million de tresses qui partent du haut du crâne que maman a mis presque une heure à terminer. C'est hyper, hyper joli. Billie a la permission de les garder jusqu'au prochain shampooing, six jours si elle négocie bien. Tout le monde est d'excellente humeur dans la voiture grâce aux blagues de Billie (elle les lit dans *Astrapi*, et plus tard il suffit d'un déclic pour que la blague remonte à la surface. Par exemple, si on passe devant le boucher, bim, Billie pense à Toto qui achète du steak, ou si on s'arrête à une station-service, l'histoire du pompiste belge revient comme par magie). Les parents rient à tous les coups, même quand elle s'y reprend à plusieurs fois pour la chute.

Comme c'est elle qui supplie depuis des semaines d'aller au restaurant, elle a eu le droit de choisir l'endroit (tout sauf McDo, a juste dit maman) et Billie a pris le *diner* américain avec les banquettes roses, là où les tables sont séparées les unes des autres par des murets vert pomme. Les couleurs sont magnifiques, la musique donne envie de danser avec une robe qui tourne, et le plafond est recouvert de miroirs ! Le clou du spectacle, c'est que les serveuses avancent sur des patins à roulettes, sans jamais laisser tomber leur plateau. Des championnes olympiques, toutes, franchement.

Billie a besoin d'un coup de pouce sur les mots anglais du menu, Thelma est bilingue, c'est pratique.

Le chef des serveuses qui est le seul en baskets vient les saluer à leur table. C'est le père d'une fille du lycée de Thelma. Il discute avec les parents.

— Il faut venir nous voir plus souvent ! dit le chef aux parents avec un grand sourire. On va vous la requinquer, nous, ici !

Et il tapote son gros ventre en regardant Thelma, comme s'il avait prévu de la dévorer. Maman sourit sans les dents et papa répète que décidément, décidément, on va passer une bonne soirée.

Quelques minutes plus tard, une serveuse à roulettes apporte deux bières, deux bouteilles d'Orangina et un plat de chips triangulaires recouvertes de fromage jaune fondu. Elle freine juste avant la table, fait une pirouette avec le plateau, sort un décapsuleur de la poche de son tablier et annonce comme dans un film : « Tournée du patron ! »

Billie ne la quitte pas des yeux, on dirait une fée, franchement.

— Vous êtes prêts à commander ? demande la fée.

Les parents regardent Thelma qui ne dit rien. La serveuse regarde les parents, puis Thelma, puis Billie qui dit un cheeseburger des frites du ketchup et un milk-shake à la fraise avec une paille recyclable. S'il vous plaît. La serveuse regarde les parents qui hochent la tête et commandent leur plat, puis la serveuse regarde Thelma qui a le visage blanc et les yeux fixés sur le menu.

— Thelma, c'est à toi, prévient Billie.

— Je n'ai pas choisi, je peux avoir un peu plus de temps ?

— Bien sûr, je reviens dans cinq minutes !

La serveuse fait une nouvelle pirouette en brandissant en éventail au-dessus de sa tête les trois menus de Billie et des parents. C'est beau comme un spectacle de danse.

— Vous pouvez déjà lancer le plat de la petite, s'il vous plaît, crie maman derrière elle.

Billie observe les autres serveuses glisser dans l'allée centrale sans jamais se toucher ni perdre l'équilibre. Thelma repose sa carte sur la table avec un air épuisé.

— Je ne peux rien prendre ici, désolée. Impossible.

Maman regarde Papa qui regarde Thelma. Personne ne regarde Billie.

Thelma a des problèmes avec la nourriture, et parfois ça crée de grosses disputes avec les parents. Billie n'a pas envie d'une dispute maintenant, dans le *diner* américain où elle travaillera peut-être plus tard.

— Pourquoi tu ne commandes pas une Cobb Salad ? C'est bien une salade, dit maman.

— T'as vu la tête de la salade sur la photo ? Y a pas de salade dans leur salade.

— Ne gâche pas tout, s'il te plaît, dit maman en chuchotant.

— On te commande la salade, et tu manges ce que tu peux, tranche Papa.

Papa fait un geste de la main, la serveuse revient, et elle se lance dans un autre numéro, avec les mains sur la taille et les pieds qui patinent sur place, en avant et en arrière, de plus en plus vite, c'est hypnotisant tellement ses jambes battent vite, on dirait qu'elles sont plus que deux, quatre ou cinq au moins, on ne les distingue presque plus, on ne voit que le mouvement, et c'est aussi délicat que les ailes d'un insecte, comme si la serveuse se transformait en libellule. Billie applaudit très fort. Papa commande pour Thelma. La serveuse félicite Thelma de son choix et leur apprend que la Cobb Salad est son plat préféré à la carte et Billie regarde sa sœur pour voir si ça la met de meilleure humeur de savoir ça, mais Thelma n'a pas l'air de s'intéresser aux préférences de la serveuse.

Quand les plats arrivent, Billie se retient de faire des bonds sur la banquette. Son cheeseburger est énorme, les parents ont oublié de préciser portion enfant, elle les a bien eus sur ce coup-là, il est aussi gros que sa tête, elle demande qu'on le prenne en photo. Elle commence par une gorgée de milk-shake pour vérifier qu'il est bien à la fraise, et il est délicieux, franchement. Maman sourit.

La salade de Thelma arrive dans une grande assiette ovale, il y a des morceaux d'avocat, du poulet, des lardons et plein d'autres ingrédients que la sœur de Billie observe comme des mini-soldats prêts à l'attaquer. Billie tente plusieurs méthodes pour mordre dans son cheeseburger sans se salir. Après quelques minutes, elle se rend compte que personne d'autre ne mange. Thelma n'a même pas sorti ses couverts de la serviette en papier roulée devant elle. Les parents ne disent rien. Billie se dévoue.

— Ça a l'air bon.

Maman ferme les yeux et Thelma devient toute rouge.

— Eh ben vas-y, fais-toi plaisir, je te la donne ! Pousse-toi, laisse-moi passer.

En disant ça, elle éjecte Billie à l'extérieur de la banquette et s'échappe du restaurant comme un lapin qui bondit hors d'un piège. Billie se rassied à sa place, un peu sonnée. Maman prononce un mot à deux euros et se lève pour rattraper Thelma. Billie se met à pleurer. Quelle andouille. Si elle n'avait rien dit sur la salade de sa sœur, on aurait fini tranquillement le seul repas au restaurant de l'année. Pourquoi est-ce qu'elle a ouvert sa grande bouche ? Elle se trouve pire que nulle. Elle repousse son milk-shake en hoquetant.

— Calme-toi biquette, ça n'a rien à voir avec toi. Tu ne veux pas le boire ?

Elle secoue la tête.

— On va le rapporter à la maison, tu le boiras plus tard ou demain. Ça te va comme ça ? Mais on n'est pas pressés. On va attendre un peu ici, toi et moi, que tout le monde redescende en température. Tu me donnes une frite ?

Papa coupe sa viande et mâchonne quelques frites sans avoir l'air de se régaler. Ils regardent les serveuses. Billie se calme peu à peu.

— Mais pourquoi est-ce qu'elle ne veut jamais manger, Thelma ?

— Malheureusement ma puce, personne ne sait. Thelma non plus n'a pas la réponse. C'est une maladie. Ta sœur a une maladie dans la tête.

— Je sais qu'elle a une maladie *mentale.* (Ça énerve Billie quand on utilise des mots simples sur des sujets compliqués.) Mais *pourquoi* elle a cette maladie ?

— J'aimerais le savoir, caneton.

— Eh ben ! Je sais pas comment elle va faire pour guérir, si même les adultes ne savent pas pourquoi elle est malade !

Papa fixe Billie sans répondre tout de suite et sa voix est un peu bizarre ensuite, presque une voix de fille.

— Tu te rappelles l'hiver où on est parti skier ?

Elle avait quatre ans, elle a passé son ourson avec un moniteur très sympa, il y a des tas de photos d'elle en combinaison rose dans les téléphones des parents.

— Imagine que tu te sois cassé la jambe. Enfin pas toi, mais quelqu'un.

— Thelma ?

— Par exemple : disons que Thelma se casse la jambe au ski.

Son père a l'air d'hésiter, comme s'il inventait l'histoire au fur et à mesure, ou qu'il avait du mal, lui aussi, à imaginer.

— Comment soigne-t-on une jambe cassée ? demande-t-il à Billie.

— On met un plâtre.

— Exactement ! Bravo : on pose un plâtre. Et ce n'est pas très important de savoir pourquoi Thelma s'est cassé la jambe, c'était peut-être un trou au milieu de la piste, un skieur qui lui est rentré dedans, un caillou ou une plaque de verglas, mais peu importe : ce qu'il faut faire, c'est aller à l'hôpital pour poser un plâtre. C'est ça qui lui permettra de guérir.

— Alors elle va aller à l'hôpital ?

— Non ! Enfin, on espère que non. Disons que pour le moment, c'est plus une entorse qu'une jambe cassée. Une toute petite fracture, disons. Enfin, ce que je veux t'expliquer, c'est ce qu'un médecin a essayé de m'expliquer à moi aussi, car je posais les mêmes questions que toi, crois-moi, poussin, les mêmes, exactement. Et ce qu'il m'a dit, et il faut le croire, parce que c'est son métier, c'est que le plus important ce n'est pas la cause, c'est le soin. Ce qui compte, ce n'est pas la plaque de verglas, c'est le plâtre.

Billie prend un moment pour enregistrer ce que lui dit Papa. Ça lui plaît beaucoup de savoir qu'elle se pose les mêmes questions que lui.

— Mais les autres, derrière ?

— Quels autres ?

— Ben les autres skieurs ! C'est pas très sympa pour ceux qui descendent derrière, de leur laisser le trou, le caillou et le verglas.

Papa a regardé Billie longtemps, les sourcils froncés, comme si elle lui avait posé une énigme très difficile et qu'il avait besoin de réfléchir à la meilleure manière de reboucher des trous sur les pistes de ski, puis il s'est essuyé la bouche, s'est frotté l'oreille, et a dit qu'il avait besoin d'aller aux toilettes avant qu'on rentre et qu'elle l'attende gentiment deux minutes.

Proposition

En cours d'EPS, Thelma met un point d'honneur à ne laisser transparaître aucune émotion négative. Aucune émotion tout court. Supprimer les crochets du soir par le gymnase lui libère du temps pour les devoirs, et ça tombe bien, les DM pleuvent, à croire que les profs se sont passé la consigne. Mais Thelma a beau faire le maximum pour éviter un tête-à-tête, Faroy cherche manifestement à le provoquer. C'est : « Tiens, Thelma, tu rassembles les bâtons de relais ? » Ou : « Thelma, tu me rapportes le chronomètre ? » Elle s'acquitte des tâches qu'il lui assigne en gardant ses distances. Qu'il lui épargne, pitié, une question sur son *état de santé* !

Sa vigilance la sauve trois semaines durant. Elle tombe dans un traquenard le dernier mardi d'avril, quand il l'expédie à l'autre bout de la piste de sprint pour récupérer une haie abandonnée. Toute la classe a déjà pris le chemin des vestiaires lorsqu'elle revient au niveau de Faroy avec la barrière.

— Puisque je te tiens, Thelma.

Elle contracte les épaules.

J'aimerais t'entraîner pour une course d'endurance. Un trail ou une course urbaine. Ton choix.

Elle ouvre la bouche longtemps avant qu'un son en sorte.

— Vous voulez m'inscrire à une course ?

— Tu cours déjà pas mal toute seule, non ? Je te propose une approche technique, un but.

— C’est de ça que vous vouliez me parler, l’autre jour ?

— J’ai forcé sur l’introduction, je reconnais, pas trop mon truc les grands discours. Réfléchis. Si ça te branche, on établira un plan d’entraînement compatible avec tes horaires de cours. Deux séances par semaine minimum, idéalement trois. À ce rythme, fin juin, tu es prête.

Il s’interrompt un court instant avant de reprendre, l’air songeur.

— Vu ta résistance, on peut envisager quelque chose de long, éventuellement même un marathon…

Thelma est interloquée. Voilà longtemps que plus personne ne l’incite à faire du sport. On la pousse, au contraire, à ralentir la cadence. Qu’est-ce que ça cache ? Elle cerne mal les motivations de Faroy.

Un marathon ! Ses parents s’en étrangleraient. Meunier, n’en parlons pas. D’ailleurs, est-ce qu’il ne faut pas un certificat médical, pour ça ?

Elle n’a jamais participé à une course organisée. Elle ne l’a même jamais envisagé. Malgré tout le temps passé sur les forums de coureurs de trail, à aucun moment elle n’a sérieusement pensé : « Pourquoi pas moi ? », comme s’il existait une différence de nature entre ceux qui prennent part aux compétitions et elle, la même différence qu’entre des acteurs et leur doublure. Elle a déjà poussé jusqu’à trente kilomètres, seule, avec pour unique ravitaillement quelques gorgées d’eau à une fontaine. Elle pourrait s’élancer sur quarante-deux, pour voir. Mais franchir le pas, c’est débarquer sur scène au milieu des comédiens ; c’est un changement de catégorie.

— Je ne te le proposerais pas si je ne t’en jugeais pas capable.

Une onde électrique traverse Thelma du diaphragme au bas du ventre. Elle n'est donc, à ses yeux, pas si fragile.

L'Entraîneur ne trouvera rien à redire à une préparation physique intensive. Un marathon : presque aussi glorieux qu'une hospitalisation.

— Ça m'intéresse, oui.

— Génial. Passe au gymnase ce soir.

Scintiller

De sa position allongée sur le lit, Albane tend lentement le bras pour attraper sa culotte sur la table de chevet. Elle soulève exagérément les fesses pour l'enfiler, s'assied sur le fauteuil pour passer son jean, et récupère son chemisier en boule sur la tablette de la télévision. Elle plonge délicatement les mains dans les manches pour le remettre à l'endroit, les tulipes brodées vers l'extérieur. Par considération pour son public, elle tente d'imprimer un maximum de grâce à chacun de ses mouvements.

Il la regarde évoluer dans la pièce en souriant, paupières plissées, comme s'il contemplait le soleil se coucher sur la mer. À force d'être observée avec ces yeux-là, elle se persuaderait presque qu'elle scintille. Il est nu, un bras replié sous la tête, le corps rassurant et velu, malgré son expression de gamin en extase devant les tourniquets d'un parc d'attractions. Elle adore ses cheveux épais parsemés de touches grises, dans lesquels elle accroche ses doigts, et ses joues tannées rasées de près. Physiquement, elle ne lui trouve aucun défaut, elle aime jusqu'à son ventre plus très tendu, l'excès de peau sur les paupières supérieures, la cicatrice à l'épaule gauche.

Comme d'habitude, il a mis un point d'honneur à lui faire l'amour plusieurs fois de suite, en plaisantant sur le thème «pas encore foutu». Albane se garde bien de rebondir, ça a l'air important. Au début, ils ont testé beaucoup de choses ;

maintenant, ils font l'amour de manière un peu moins acrobatique. Il l'encourage à utiliser des mots crus et elle fait de son mieux en essayant de ne pas se demander s'il use du même champ lexical avec sa femme. Elle le prévient chaque fois qu'elle est sur le point de jouir, chaque fois qu'elle jouit, chaque fois qu'elle a joui, et en général, c'est vrai. Parfois le lendemain, elle s'arrête en pleine rue, assaillie d'images, de sensations, et des termes insensés qu'elle a pourtant prononcés. Il y a quelque chose d'enivrant à susciter du désir à ce point-là, à chaque fois.

Après l'amour, il guette l'heure sur l'écran éteint de la télé, et pour ne pas s'assoupir, il parle. Un mois après le début de leur histoire, au terme d'un inquiétant préambule, il a annoncé qu'il ne quitterait pas sa femme. Albane l'a d'autant plus mal pris qu'elle n'avait rien suggéré. Est-ce qu'elle lui paraissait à ce point naïve, qu'il s'oblige à clarifier ? Elle a boudé avec une tête de moineau blessé mais il a eu l'air libéré. De fil en aiguille, il s'est mis à lui parler de sa famille, à lui montrer des photos de la plus jeune de ses filles, une blondinette à fossettes toujours habillée en rose et jaune. Albane a vu moins d'images de la sœur aînée qui souffre de troubles alimentaires. Thierry dit « anorexie-mentale-restrictive », avec une précision médicale un peu flippante.

Dans son école d'ingénieurs, Albane côtoie plusieurs filles atteintes de ce syndrome. Au moins autant que la maigreur, c'est l'ascétisme qui les singularise ; leur comportement monacal tranche avec le relâchement général de l'après-prépa. Ces filles-là fuient les apéros, les soirées du jeudi, les jeux à boire et les drogues, et écopent inévitablement d'une réputation de bonnets de nuit. Albane se méfie des jugements rapides, mais il faut reconnaître qu'elles ne se foulent pas pour s'intégrer.

Le mal-être de sa fille obsède Thierry. S'il n'en parle pas spontanément, Albane réclame des nouvelles pour crever l'abcès, et il saisit l'occasion comme un pèlerin assoiffé attrape une gourde. Ses commentaires se contredisent d'une semaine sur l'autre, de sorte qu'Albane a le plus grand mal à se forger une idée claire de la tendance : stationnaire – préoccupante – du mieux – encourageant – on craint une rechute – précaire – moins morose – toujours fragile.

Au début, elle s'est irritée de la place de Thelma dans les pensées de Thierry : il ramenait sa fille jusque dans leur chambre d'hôtel, ça aurait déstabilisé n'importe qui. Alors elle a décidé de compenser, par un surcroît de légèreté et d'insouciance, la noirceur de Thelma. Elle serait le contrepoids, l'éclaircie ; la vie. Elle y est parvenue : il lui répète qu'elle est indispensable à son équilibre. C'est gratifiant de le sentir parfaitement heureux avec elle quelques heures tous les quinze jours, même si ça implique d'être sans arrêt en représentation, de ne jamais se plaindre ni rien réclamer, d'arriver d'humeur gaie avec de jolis dessous, du vernis semi-permanent, une épilation nickel et un stock d'anecdotes rigolotes.

Elle sort un coton-tige de sa trousse de toilette pour essuyer le khôl qui a coulé sur sa paupière.

— Quel enfer d'être ado aujourd'hui, soupire Thierry.

Albane interrompt son geste, le bâtonnet à la verticale. L'espace d'un instant, malgré ses vingt et un ans, elle se croit visée, mais c'est évidemment de la fille de Thierry dont il est question.

— À ton époque, c'était facile ?

— À mon époque, personne ne placardait ses mensurations en ligne. Et on était moins bombardés d'images de corps parfaits.

Elle rit.

— Quelle époque est-ce que tu fantasmes, exactement? Pas les années quatre-vingt-dix, j'imagine? Pas cet âge d'or où on retouchait les mannequins à la machette, et où des filles topless vendaient du fromage râpé?

— Peut-être que j'idéalise un peu a posteriori. Mais je ne me rappelle pas que c'était aussi violent qu'aujourd'hui.

— Tu ne t'en souviendrais pas. Ne le prends pas mal, mais l'expérience masculine n'a aucune pertinence.

Thierry ne se vexe pas. Il est sincèrement intéressé par son point de vue.

— Toi, par exemple : tu ne t'es jamais sentie complexée?

Elle hausse les sourcils, le torturer un peu.

— Je devrais?

— Arrête… Tu vois ce que je veux dire. La semaine dernière, je suis tombé sur un reportage dans lequel des filles se maquillaient en regardant leur reflet filtré sur leur téléphone au lieu d'utiliser un miroir. Parce qu'elles ne se supportent plus au naturel. Ne se reconnaissent même plus, en réalité. Est-ce que ce n'est pas atterrant, tragique, même, de se nier à ce point-là? On devrait les traiter en victimes, sauf que ce sont ces mêmes cinglées qui imposent leurs normes aux adolescentes. À quel moment est-ce que tout a foiré?

— Vaste question.

— Ces Instagrameuses qui s'affichent avec des visages et des corps de manga… ça n'influence pas ton rapport au corps? Ça ne t'oppresse pas?

Albane sait ce qu'il attend ; il voudrait qu'elle lui décode le fonctionnement d'un cerveau d'ado perturbée. Comme si son sexe et son âge lui offraient la faculté de comprendre ou une légitimité à spéculer : mais elle n'a aucune idée de ce qui peut vous déglinguer au point de vous empêcher de manger. Ça n'a jamais fait partie de ses problèmes. D'ailleurs, elle s'affamerait volontiers quinze jours ou trois semaines avant l'été... Holà ! Elle s'interdit la moindre plaisanterie sur le sujet. Dès qu'on parle de Thelma, l'atmosphère s'épaissit.

— Non, ça ne m'oppresse pas. Tu as toujours le choix de suivre ou non un influenceur, de t'abonner aux comptes qui t'intéressent. Regarde mon *feed*, si tu veux : de la déco, des sujets géopolitiques et deux ou trois comptes qui relaient des mèmes pour rigoler un peu. Aucun algorithme ne perd son temps à me proposer de la mode ou du maquillage.

— J'ai du mal à croire que tu puisses être totalement épargnée.

— Peut-être pas à la première connexion, mais ensuite, tu es responsable. Ton comportement est déterminant, il n'y a pas de hasard. Cela étant, tu peux facilement te laisser enfermer dans une bulle. À force d'être abreuvé de contenu homogène, et de n'entrer en contact qu'avec des gens qui partagent tes centres d'intérêt, tu peux t'illusionner sur l'importance que l'univers accorde à ce qui te plaît. Mais c'est pareil pour tout le monde, chacun dans sa bulle.

La pente est glissante. Minimiser la part de responsabilité de l'environnement extérieur revient à transférer ailleurs la cause du problème. À le rendre plus individuel, plus intime, et moins conjoncturel. Les causes externes sont confortables. Elle va ouvrir le minibar sous le minuscule bureau, décapsule une limonade, remplit un verre qu'elle lui tend et trinque avec le cul de bouteille. Il soupire.

— Je ne sais pas comment je ferais sans ces moments avec toi.

Albane se force à sourire. Il pourrait faire l'effort de dire «sans toi» au lieu de la réduire à «ces moments». Servir d'exutoire ne constitue pas un objectif de vie. À cause de ça, elle se dit parfois qu'elle devrait prendre ses distances ; et à cause de ça, elle sait qu'elle n'y arrivera pas. Et puis une petite partie d'elle craint qu'il ne la retienne pas avec assez de conviction. Ce serait ça, le pire, qu'il accepte sans protester.

Thierry l'enlace avant qu'elle s'en aille. Il l'embrasse sur les lèvres, les cheveux, et pose ses mains sur sa taille. Albane a oublié de l'avertir que la soirée étudiante est annulée la semaine prochaine et qu'elle sera chez ses parents dès le jeudi après-midi : ils pourraient se voir trois vendredis d'affilée. Elle ne dit rien. C'est toujours en le quittant, repue de lui, confiante en sa volonté, qu'elle prend de bonnes résolutions. Lundi et mardi, quand des flashs de Thierry, allongé sur elle, lui enflammeront le bas du ventre, il s'agira de convoquer toute cette belle indépendance. Si elle parvient à terminer la semaine sans lui dire qu'elle rentre vendredi prochain, c'est qu'il lui reste un fond de dignité.

MAI

Gainage

Guillaume pose le téléphone sur la table basse et s'allonge au milieu du salon en appui sur les coudes pour sept minutes de gainage. À une conversation qui s'enlise, autant adjoindre une activité productive. Le haut-parleur lui relaie la voix inquiète de sa sœur.

— Tu devrais te renseigner sur la question de la responsabilité, insiste Marie. Si ça ne se passe pas comme tu l'imagines, ça peut mal finir pour toi aussi.

Guillaume grogne en direction de l'appareil, pour qu'elle sache qu'il est toujours là. Il ne s'attendait pas à une réaction enthousiaste de sa part mais depuis un quart d'heure, on tourne en rond. Ses abdominaux se réchauffent.

— Pourquoi est-ce que tu ne lui proposes pas quelque chose de plus modéré ? suggère Marie. Un dix kilomètres, un relais, n'importe quoi, ça doit se trouver ?

— Déjà parce que dans la région, ce n'est pas le choix du roi en matière de compétition…

— Ah, pardon. Personne ne court moins de trente bornes par chez vous.

… et ensuite parce que c'est justement l'idée : accomplir quelque chose de spectaculaire, qui la rendra fière d'elle, qui la poussera à continuer le sport pour de meilleures raisons.

— Tout le monde ne réagit pas de la même manière aux mêmes méthodes.

— Je suis assez sûr de mon coup.

— Tu es toujours sûr de ton coup.

Guillaume transfère son poids sur le flanc gauche, bras droit à la verticale. Il soulève la jambe supérieure d'une dizaine de centimètres et vérifie que son dos se maintient parfaitement dans l'axe.

— Tu es toujours là ? s'enquiert Marie.

— Hmmm.

— Ne m'appelle pas si tu ne veux pas mon avis.

— Bien sûr que je veux ton avis : la preuve, je t'appelle. Tu es mon instance consultative.

— Mais bien sûr. Et les parents, qu'est-ce qu'ils en pensent ?

— Ce sont eux qui sont venus me demander de l'aide !

— Ah oui ! Je me rappelle. *Essentiellement platonique.*

— En personne.

Marie soupire.

— Écoute, je n'en sais rien, j'ai un mauvais pressentiment.

Guillaume pivote sur le flanc droit et dresse son bras gauche.

— Elle est solide. Ça va bien se passer.

— Ta thèse de médecine, c'était quand déjà ?

— En cas de pépin, je serai à côté, je connais parfaitement les signes. J'en ai déjà secouru quelques-uns, des débutants mal en point.

— C'est rassurant, dis-moi !

— De toute façon, pour s'inscrire, il faut un certificat médical de moins de trois mois.

— Tu aurais pu commencer par là ! J'imagine que ça t'exonère plus ou moins en cas de problème… ce qui ne veut pas dire que ça soit une bonne idée. À ta place, je passerais un coup de fil au toubib qui lui signera le certificat.

— Marie, je ne suis peut-être pas médecin, mais je ne suis pas flic non plus.

— Dieu nous garde. Je constate que j'ai une fois de plus réussi à exercer une influence déterminante sur toi. Moins je suis d'accord, plus tu trouves tes idées géniales. Tu veux parler à ton neveu avant qu'il aille se coucher ?

Guillaume s'exécute sans se faire prier. Il s'assied en tailleur sur le tapis pour disserter évolutions de Pokemons avec Gaëtan.

Sa sœur est injuste quand elle prétend qu'il ne tient pas compte des avis extérieurs. C'est faux : il écoute toujours attentivement les arguments contradictoires. Il se trouve qu'en général, les discussions le fortifient dans ses positions. Mais Marie tourne ça de manière caricaturale. Il est solide sur ses appuis, c'est tout ! Et à la différence des girouettes, il assume ses choix, y compris les plus impopulaires. Est-ce qu'il n'a pas assumé l'an dernier ? Le gosse est allé pleurnicher, les parents lui sont tombés dessus. Guillaume est resté droit dans ses bottes face au proviseur. Ça lui a coûté son espoir de titularisation, mais ça en valait la peine. Rien de tel que la mémoire du corps : avec les courbatures qui ont dû suivre les deux cents squats, le jeune crétin réfléchira à deux fois avant de manquer à nouveau de respect au personnel de nettoyage. Guillaume n'aime pas utiliser le sport comme sanction, mais il arrive que les circonstances ne vous laissent pas le choix.

Il consacre sa soirée à la présélection de compétitions estivales ouvertes aux mineurs, en fonction de leur proximité géographique et de la qualité des parcours.

Les réserves de sa sœur, quoi qu'elle en pense, l'agitent un peu tandis qu'il fait bouillir l'eau des pâtes. Certes, il ne connaît pas grand-chose à la pathologie de Thelma. Mais à en juger par la démarche de ses parents, ceux qui s'y connaissent ne parviennent pas à régler le problème. Est-ce qu'on est venu le chercher, oui ou non ? Ce ne serait pas la première fois qu'une approche originale réussirait là où échouent les thérapies classiques. Il a lu que la question de la confiance en soi est centrale dans l'anorexie. Quel meilleur traitement que le sport en compétition pour gagner en assurance ? En toute humilité, Guillaume est assez sûr de son coup.

Le mouchard

Vendredi matin, Cécilia se prépare comme pour aller travailler, non sans une étrange impression d'imposture en s'asseyant au volant à l'heure habituelle.

À quelques kilomètres de la maison, elle se gare en bordure d'un jardin municipal et s'aventure à l'intérieur des grilles. Un groupe de retraités effectue de lents mouvements coordonnés sur une pelouse, du taï-chi sûrement, Cécilia n'y connaît rien, mais la sérénité de leur chorégraphie augmente son agitation. Elle consulte sa montre. Encore possible de relayer Jules à la boutique, d'invoquer l'annulation de la brocante censée l'occuper toute la journée. Elle s'approche d'un petit ruisseau, trop près, jusque dans l'herbe marécageuse, et à chaque bruit de succion sous ses pas, à chaque éclaboussure qui macule ses bottines en daim, sa résolution se renforce. De toute façon c'est réglé, elle ne peut plus se présenter aux clients avec des pieds aussi dégueulasses. Vers dix heures, après avoir consciencieusement bousillé ses chaussures, Cécilia boit la moitié d'un cappuccino dans la buvette du parc et reprend le volant. Elle entame sa planque quelques minutes plus tard, en contrebas de l'unique voie d'accès à la butte aux Chevreuils.

Tout a commencé en mars, quand Cécilia a proposé à Thierry d'installer sur le téléphone de Thelma un logiciel-espion. L'application leur aurait transmis le temps passé sur les blogs de *Thinspiration* et la liste des contacts actifs. Ils auraient pu empêcher des personnes mal intentionnées de saboter le parcours de guérison de leur fille. Et grâce au suivi des déplacements, ils auraient été rassurés lorsque Thelma part courir seule, avec sa tension si faible et la possibilité constante du malaise.

Thierry se laisse facilement séduire par les gadgets technologiques ; Cécilia avait anticipé, de la part de son mari, un enthousiasme qui surpasserait le sien.

Elle en a été pour ses frais. Il est devenu fébrile, véhément. Ils devaient faire confiance à leur fille, la traiter en adulte au lieu de violer sa vie privée ! Jamais il ne recourrait à des méthodes aussi scabreuses, ce genre d'installation lui semblait abjecte. Cécilia n'en est pas revenue. Thierry, qui écume les forums à la recherche de traces numériques de Thelma, se permettait de jouer la vierge effarouchée.

— En ligne, je chasse en apnée, au fusil-harpon. Une chance sur mille de viser juste, beaucoup, beaucoup d'efforts pour rien. Avec ton logiciel, là, tu balances une torpille d'un bateau. C'est immoral et disproportionné.

La métaphore halieutique n'a pas convaincu Cécilia mais elle a remballé son idée, vexée. Sans doute n'en était-on pas encore à sacrifier l'éthique à la santé.

Les jours suivants, elle a su que quelque chose clochait. Même si Thierry voulait que l'histoire lui conserve le beau rôle, son inquiétude aurait dû le pousser à examiner plus loin la suggestion de Cécilia au lieu de la rejeter en bloc. Thierry n'est pas un sanguin. Il étudie les solutions partielles, les alternatives acceptables. Au minimum, il aurait dû se montrer intrigué par l'aspect technique. Brutalement, elle a pris conscience de son aveuglement des derniers mois.

Thierry avait repris le sport et perdu du poids, un exploit dans cette famille déréglée où l'on se sert des portions trop copieuses dans l'espoir de biaiser le référentiel d'une adolescente. Il accepte davantage de pots avec ses collègues et corrige désormais ses copies à l'extérieur le vendredi. Le jour du malaise de Thelma, Cécilia n'avait jamais réussi à le joindre.

Elle a d'abord mis beaucoup de mauvaise volonté à relier les points. Elle s'est acharnée, au contraire, à glaner des preuves de la bonne santé de son couple.

Aujourd'hui, elle a décidé de sortir la tête du sable. Filature à l'ancienne, sans mouchard technologique, par respect pour les convictions de l'intéressé.

L'attente ne dure pas longtemps. À quatorze heures, Thierry apparaît en bas de la butte au volant de sa citadine, et Cécilia met le contact.

Le N-d-d-V----eur. La moitié des lettres de l'enseigne à néon bleu reste éteinte. C'est un hôtel de seconde catégorie, aux abords de la zone industrielle. Cécilia se gare à cheval sur deux places de parking.

Peut-être que Thierry a une raison légitime de se trouver là – qu'ils en riront ce soir, quand elle lui racontera ?

Elle fixe la façade sans cachet, imagine l'intérieur des chambres à l'avenant.

Son mari.

Thierry.

Elle aurait pu jurer que ça ne leur arriverait pas. Tant de couples s'étaient séparés autour d'eux ces dernières années que les statistiques les fortifiaient : il fallait bien qu'il en reste à la fin.

Comment peut-il lui infliger ça *en ce moment*?

C'est la première idée qui la traverse, cette notion de temporalité. Comment peut-il lui imposer une épreuve supplémentaire, alors qu'elle ne s'est jamais sentie aussi vulnérable? Est-ce que ce n'est pas révélateur d'une rare perversité? Connaît-elle vraiment l'homme avec qui elle a construit sa vie?

Quarante-six ans, une fille malade, un niveau de culpabilité délirant, l'opprobre de toute une société sur les épaules.

Et maintenant, un mari infidèle.

Elle peine à croire ce qu'elle a littéralement devant les yeux. La duplicité de Thierry la stupéfie. C'est comme s'il avait calculé le timing de sa trahison pour la laisser K.-O., incapable de riposter. Dans d'autres circonstances, elle aurait eu du répondant. À une amie dans sa situation, elle conseillerait de glisser un mot sous l'essuie-glace et de se réserver un stage de yoga dans un hôtel de luxe avec départ immédiat. Qu'il médite sur les conséquences de ses choix au milieu d'un parking vide, avant de rentrer préparer le dîner.

Oui, à une autre époque, Cécilia aurait réagi avec panache.

Mais abandonner les filles, même quelques jours, dans les circonstances actuelles? Impossible. De toute façon, sans Thierry, elle s'écroulerait sous le poids du quotidien.

Est-ce la maladie de Thelma qui le retient de partir? Il considère peut-être désormais sa vie familiale comme un sacerdoce. Son sacrifice personnel. Une confrontation ne servirait qu'à lui donner l'impulsion qui lui manque.

Surtout ne rien dire. Se taire, ne rien provoquer d'irrémédiable.

Le sentiment d'abandon de Cécilia la cloue au siège. Elle sanglote, les deux mains sur le volant, le bas du dos enfoncé contre le cuir pour que quelque chose la tienne encore, que son corps ne se liquéfie pas complètement, sentir qu'il reste du muscle, une tension, de la vie. Elle demeure ainsi jusqu'à ce que les larmes se tarissent, que sa respiration se calme. Elle évite le rétroviseur. Elle ne peut pas rentrer chez elle dans cet état.

À Chemins de Campagne, elle demande à Jules de continuer à tenir la caisse tandis qu'elle réagence la vitrine. Il doit donner des recommandations discrètes, personne ne vient la déranger.

À la maison, elle s'immerge dans un bain brûlant. Des billes effervescentes à la lavande exhumées du fond d'un tiroir lui chatouillent les cuisses en se désintégrant dans l'eau. Elle ne se rappelle pas la dernière fois qu'il lui est arrivé de s'alanguir de la sorte. Le tableau plairait peut-être à Thierry. Quand ils étaient plus jeunes, il faisait irruption dans la salle de bains pendant qu'elle se préparait, sans raison, juste pour le plaisir de la surprendre toute nue, et elle râlait – ah ! comme elle râlait !

Elle se laisse glisser contre le rebord de la baignoire et plonge la tête sous l'eau déjà tiède. Depuis combien de temps marine-t-elle là-dedans ? Un grattement à la porte. La voix de Billie.

— Maman ? C'est bientôt l'heure de manger ?

Cécilia l'imagine en service commandé ; sa cadette n'a pas la maniaquerie des horaires de repas.

— Vous dînerez juste toutes les deux ce soir. Tu peux demander à Thelma de préparer quelque chose ?

Un bref silence accueille la consigne, puis Cécilia entend Billie courir. Quelques secondes plus tard, le parquet grince à nouveau. Derrière la porte, Thelma vérifie l'information. Cécilia ajoute une vague indication de menu. Sa fille reste un moment immobile dans le couloir.

— Ça va ?

La question émeut Cécilia. Thelma prend rarement de ses nouvelles.

— Ça va, un peu crevée, c'est rien.

— O.K.

Dans la cuisine, les filles dînent, ou ne dînent pas. Elle ne veut pas le savoir. Elle ne sort pas du bain froid. Ses doigts ont cent ans.

« S'asseoir avec son enfant malade à chaque repas » : Thierry et elle ne dérogent jamais au premier commandement. Ils ne vont plus au restaurant, refusent les invitations, pour être les Gentils Organisateurs, les greffiers et les geôliers des repas de Thelma. À prétexter ne jamais être disponibles, ils ont usé la patience de leurs amis. On les a un peu oubliés, et c'est presque un soulagement, tant les propositions d'aide maladroite qui fleurissaient au dessert hérissaient Cécilia. Tout le monde s'imagine pouvoir faire mieux. *Et si tu nous la confiais quelques jours ? Ça vous permettrait de souffler. Et puis, on ne sait jamais, parfois un changement d'air... ?* Cécilia déclinait poliment même si elle mourait d'envie de leur fourguer Thelma en pension et bien du plaisir.

Thierry et elle se sont laissés piéger, à réduire petit à petit leur vie sociale, à se retrancher dans une bulle. C'est si fragile, une bulle. Elle rince ses cheveux et les entoure d'une serviette. Ce soir, exceptionnellement, elle ne jouera pas la dame de compagnie dans la cuisine, elle ne demandera aucun compte-rendu du repas.

Entraînement

Après les cours, Thelma file au gymnase, dépose son Eastpack dans un casier du vestiaire désert, enfile un cycliste noir, un T-shirt rose pâle, et remplace ses Converse par des baskets. Il flotte une odeur de transpiration froide. En grimpant sur un banc, elle ouvre les lucarnes qui donnent sur l'extérieur pour aérer. Elle espère que les effluves ne se collent pas à elle – que Faroy ne pense pas qu'elle pue ! D'un autre côté, à passer ses journées entouré d'élèves en sueur, son odorat doit être anesthésié. Pendant qu'elle se change, il patiente de l'autre côté de la porte. Elle éprouve une sensation étrange à l'idée d'être seule avec lui dans cet espace destiné à la multitude, trop grand, trop cubique, trop brillant. Même quand ils discutent normalement, les mots résonnent, et en ce moment, c'est pire, parce qu'il force sa voix pour qu'elle l'entende derrière la cloison. Elle ne peut pas s'empêcher de penser qu'elle se tient juste là, à moitié nue, pendant qu'il lui parle.

— Les dossards partent vite, il faut trancher aujourd'hui, sinon on restera sur le carreau.

Faroy a présélectionné trois compétitions. Toutes ont lieu entre mi-juin et mi-juillet, échéance à laquelle, selon ses estimations, Thelma sera prête.

Elle ouvre la poche extérieure de son sac de sport et en sort une banane de la cantine enroulée dans plusieurs serviettes en papier. Le plan d'entraînement que Faroy lui a concocté contient un volet diététique. Pendant quatre semaines, elle a ignoré cette partie-là, mais ce midi, elle a cédé à une impulsion. Le programme préconise une banane écrasée et une poignée d'amandes avant les séances. Les fruits secs, elle ne peut pas. Mais la banane, peut-être ?

Si le fruit a subi la moindre altération, elle le jette.

Elle ôte les couches de papier et procède à l'inspection. La peau est constellée de marques marron qui forment comme un nuage de points, mais à première vue, la banane n'a pas été endommagée. Thelma s'accorde une deuxième porte de sortie : si la pulpe a bruni sous les taches, elle balance tout. Elle pèle le fruit sur la moitié de sa longueur. Il est intact. Elle a épuisé ses recours. Faroy va commencer à se demander ce qu'elle fabrique. S'il la voyait, en transe devant une banane.

Allez !

Dans les vestiaires, personne pour la regarder faire.

Du bout des incisives, elle rogne un millimètre de chair sucrée, puis un autre, et encore un, en s'interrompant tous les deux ou trois passages pour boire un peu d'eau. La pulpe mélangée au liquide forme une sorte de nectar de banane, très doux, qui lui descend lentement dans la gorge.

Elle s'arrête au tiers du fruit.

— Tu t'es endormie sous un banc, Thelma, ou quoi ?

La voix de Faroy se réverbère sur les murs du couloir.

— J'ai fini !

Elle a ingéré un tiers de banane en dehors des repas. Gratuitement. L'Entraîneur n'en revient pas : est-ce qu'elle a perdu la tête ? Qu'est-ce qui lui prend de s'empiffrer comme ça alors que personne ne lui demande rien ? Elle a intérêt à trouver le moyen d'éliminer jusqu'à la dernière calorie superflue en courant plus vite, plus longtemps, des heures, toute la nuit. Elle sort des vestiaires toute étourdie, pressée de se mettre en mouvement.

— Tu as mis le temps ! Viens voir.

Parler de l'encas amoindrirait la valeur de ce qui s'est produit. Sans compter que cela pourrait créer des attentes démesurées : imaginons qu'il lui apporte des amandes ou des raisins secs la prochaine fois !

Faroy s'approche, téléphone en main. Il tape successivement les adresses des sites de deux trails de pleine nature et de la première édition d'un marathon semi-urbain dont le départ s'effectue en fin de journée. Il se tient tout près d'elle, leurs flancs se touchent presque.

— Ça se court à la frontale, l'une des nuits les plus courtes de l'année. Ça part de Roche-sur-Aupens, juste à côté.

Thelma hésite à poser un doigt sur l'écran, une pudeur la retient. Faroy, d'un geste naturel, lui tend son téléphone.

— Vous prendriez laquelle, vous ?

— Ah non. Ton épreuve, ta décision. Mais compare bien, ça ne se tranche pas à la légère.

— Heu… le marathon nocturne.

Elle avait détecté dans sa voix une intonation particulière à la description du concept.

— Excellent choix ! Ça sera une première pour moi aussi.

Pour moi aussi ?

— Le jour même, grasse matinée ou sieste obligatoire. On se retrouvera trois heures avant le départ pour le dernier repas, des glucides faciles à digérer. Je m'en occuperai.

Une tonne de questions se bousculent dans la tête de Thelma. Ça veut dire qu'elle devra manger vers dix-huit heures ? Sous quelle forme, les glucides ? Rapides, lents ? Quelle quantité ? Combien de calories à peu près ?

Faroy range son téléphone dans la poche de son short et se frappe les cuisses.

— Une bonne chose de faite. On s'y met?

Ils entament l'échauffement sur la piste qui entoure le terrain multisports. Vingt minutes de petites foulées et une séance de fractionné, quatre sessions de dix minutes entrecoupées de quarante-cinq secondes de récupération. Elle se concentre sur les sensations de son ventre, le feu dans ses bronches, le souvenir du goût sucré de la banane. L'énergie du fruit se diffuse partout dans son corps, elle accélère pour la drainer vers ses muscles.

Quelqu'un les épie. C'est Justin. Depuis qu'il l'a renversée au rugby, elle le surprend de temps en temps à la regarder à la dérobée. Ce soir, adossé à la barrière, il a renoncé à toute discrétion. Est-ce qu'il va révéler les entraînements privés de Thelma avec Faroy dans le prochain numéro de la *Seconde C*? Elle augmente la cadence. Faroy la rappelle à l'ordre.

— Mollo, ne te crame pas, on a une grosse séance.

Justin ne s'approche pas. Elle ne regarde plus dans sa direction pendant un long moment et, quand elle le fait à nouveau, il a disparu. Elle ne sait pas combien de temps il est resté là.

Une heure et demie plus tard, Faroy lui dit qu'elle a *carburé* et lui tope dans la main. Ce geste est le verdict qu'elle attend après chaque séance, particulièrement important aujourd'hui, où elle s'est dopée. Dans le vestiaire des filles, l'odeur crémeuse du fruit ouvert mélangée à celle de la sueur a produit un cocktail entêtant. Thelma s'assied pour enlever ses baskets. Ses cuisses, aplaties sur le banc, prennent une largeur insensée, et l'Entraîneur laisse libre cours à sa rage. D'accord, elle a couru vite, mais comment ose-t-elle s'en attribuer le mérite ? Avec ce qu'elle a englouti avant de commencer !

Mais Faroy a topé…

Que Faroy se laisse abuser, c'est son problème. L'Entraîneur est un peu plus clairvoyant, il déteste la fraude. Sur le banc, à côté des vêtements de Thelma, le moignon de banane noirci à l'intérieur des lambeaux de peau ressemble à une nature morte morbide. *La partie manquante irrigue ton corps de tricheuse, elle a été assimilée, répartie dans tes organes, plus rien que tu puisses faire pour te purifier.* Elle attrape le reste de banane du bout des doigts, le fait disparaître dans la poubelle des W.-C. et va se laver les mains. *On n'assume plus ses actes ? Pourquoi n'as-tu pas prolongé la course ? Trop paresseuse ou trop minable ?*

Quand elle sort du gymnase, la nuit tombe. Elle coupe à travers le terrain pour rejoindre l'arrêt de bus. Une silhouette est assise sous l'abri, un casque posé sur les genoux. Thelma fronce les sourcils.

— Tu attends le bus ?

— Non, non.

Justin esquisse un geste vers l'autre côté de la rue.

— Je suis garé en face. Si tu veux, je te ramène, le 76 vient de passer.

Elle aimerait bien savoir ce qu'il fiche sous un Abribus désert à la nuit tombée pour ne pas prendre le bus, mais la question paraît brutale. Elle mentionne la phobie parentale du deux-roues.

— Moi aussi, mon père flippe. Il voyage dans les pires endroits de la planète, mais dès qu'il rentre j'ai droit à mon topo sur le Code de la route, une obsession. C'est ma mère qui a fini par accepter, pour le scoot. Elle en a eu marre de se taper tous les allers-retours en voiture pour mon frère et moi. Mais ça continue de stresser mon père.

Justin s'interrompt.

— Bon, je vais pas te raconter ma vie, c'est pas passionnant.

Peut-être qu'elle devrait démentir, si si ça m'intéresse, il a quel âge ton frère, quelque chose du genre, histoire de ne pas se retrouver en porte de prison dans le prochain numéro des *Péripéties de la seconde C*. Mais bon.

— Tu dois être morte, non? Je t'ai vue t'entraîner avec Faroy.

— Ça va, j'ai l'habitude.

— Bonne soirée, alors.

Il lui adresse un signe de main avant de rejoindre le trottoir d'en face, et démarre dans la direction opposée à celle de la butte aux Chevreuils.

Le lendemain, Faroy confirme à Thelma qu'il a validé leurs deux inscriptions. Il a réservé deux dossards dans le même sas de départ, en indiquant un objectif de performance *réaliste tendance modeste*, de quatre heures trente.

— Tu feras moins, mais je préfère doubler qu'être doublé. On perd un peu d'énergie à slalomer, mais c'est meilleur pour le moral!

Quelque chose s'anime en lui quand il lui parle de ses courses, ses yeux brillent par anticipation. Elle se sent initiée.

— Pour le certificat médical, le mieux c'est de l'envoyer par e-mail dès que tu as vu ton médecin, comme ça, c'est réglé.

Faroy a l'air de croire qu'il s'agit, pour elle comme pour lui, d'une pure formalité administrative.

Oiseaux morts

Samedi, le père de Justin l'emmène déjeuner dans leur restaurant chinois habituel. La décoration kitsch déclenche systématiquement les commentaires réjouis du grand reporter. Après avoir dûment félicité la propriétaire sur ses lampions – l'incongruité des compliments gêne toujours Justin, qui ne sait pas évaluer la part de sincérité, de jeu ou de snobisme dans l'attitude paternelle –, Thibault commande des nems au porc, un bouillon de légumes et du canard laqué. Il s'ouvrira ensuite une demi-douzaine de fortune cookies avec le café, et Justin se demandera s'il ennuie vraiment son géniteur au point que celui-ci préfère étudier son avenir dans des biscuits.

Ils parlent peu de sa dernière affectation. Quand Thibault revient de mission, ses articles publiés lui sont des oiseaux morts ; il n'a pas envie qu'on s'appesantisse dessus, déjà tout entier préoccupé par le prochain reportage. Et Justin – qui peut résumer tous les papiers récents de son père et s'est soigneusement documenté sur les enjeux du dernier conflit pour éviter une ânerie – entend parler du sujet pour la première fois. Delphine Bonnefond s'extasie régulièrement sur la culture géopolitique de son fils ; c'est bien la seule à apprécier l'effort.

Thibault réclame souvent de lire les textes de son fils destinés à l'*Observateur de la Vallée*. Justin les lui soumet rarement. D'une part, parce que la rédaction ne lui a jamais rien refusé (les contributions de Justin, en toute modestie, sortent plutôt du lot), d'autre part parce qu'il peine à croire que le stress de Parcoursup ou le palmarès des compétitions sportives départementales passionnent un envoyé spécial en zone de guerre.

Aujourd'hui, son père insiste. Justin a sélectionné, au cas où, son enquête sur la gestion chaotique des déchets du lycée. Il tend les deux feuilles A4 à Thibault et attend le jugement en apnée, en consultant les desserts au menu (lychees au sirop ou riz au lait à la mangue fraîche, depuis cinq ans qu'ils viennent ici, la carte n'a jamais changé).

— Beau boulot !

— Tu voudras un dessert ? demande Justin, le sourire prudent.

— Juste un café, et leurs petits biscuits, là ! C'est pas mal, ton reportage. Si on te conseillait de creuser encore, comment tu t'y prendrais ?

Le conditionnel amortit à peine le verdict. Justin tente une réponse, la moins brouillonne possible. Des interviews supplémentaires avec les équipes de ménage. Un rendez-vous au centre de tri. Une tournée avec les éboueurs.

— Eh ben voilà, tu tiens le bon bout ! La suite au prochain numéro. Ceci dit, l'amorce est excellente et ton sujet très bien choisi.

Justin déglutit.

Heureusement que Thibault ne se doute pas du reste des activités « littéraires » de son fils. Au lycée, Justin commence à jouir, grâce aux *Péripéties de la seconde C*, d'une petite notoriété. Plusieurs classes suivent son feuilleton. Inès prétend qu'elle a surpris des profs à le lire en cachette. Des élèves de première et de terminale ont sollicité Justin pour des spin-off qu'il s'est offert le luxe de refuser, au prétexte qu'il ne travaille que du matériau de première main, des événements auxquels il a personnellement assisté. Étrangement, personne n'a ri de sa prétentieuse *recherche d'authenticité,* comme si elle allait de soi ; alors qu'il déforme, dramatise et enjolive à loisir, sans aucune fidélité aux faits. Il propulse au cœur de l'action des gens qui ne s'y trouvaient pas, et attribue à ses personnages récurrents un sens de la repartie dont leurs incarnations humaines sont largement dépourvues.

Ça marche tellement bien que ça en devient malsain. Les épisodes les plus réussis créent une mémoire collective factice qui prend le pas sur la réalité. L'autre jour, Justin a entendu Thomas raconter, hilare, la fois où il a remis à sa place le prof de physique. L'intégralité de l'échange sortait tout droit de l'imagination de Justin – qui se tenait dans le champ de vision de Thomas, à portée de voix, sans que celui-ci manifeste la moindre gêne à rapporter la fausse anecdote. Avait-il fini par se persuader que la scène avait eu lieu ?

Et puis, certains noms reviennent plus souvent que d'autres, dans des positions plus avantageuses. Les versions papier d'Inès, Thomas et Côme ne se trouvent jamais à court de répliques spirituelles.

Le statut de Justin a évolué. De l'intello discret qui collabore au journal de l'école, il s'est retrouvé adoubé par le petit gang qui règne sur la classe.

Inès a été la première fille à s'intéresser à lui, si l'on peut dire. Justin avait supposé qu'elle connaissait Thibault Bonnefond de nom, que c'était évidemment pour cette raison qu'elle avait installé son plateau en face du sien au retour des vacances de la Toussaint. Un pic d'intérêt à son égard se produisait de temps en temps, après une apparition télévisée de son père – il avait l'habitude. Ils avaient passé tout le déjeuner en tête-à-tête au milieu du réfectoire.

Elle était trop jolie et trop *présente*, Justin n'avait presque rien avalé. Pourtant, il aurait eu le temps de s'alimenter, c'était surtout elle qui parlait. Lui faisait de son mieux pour ne pas se laisser déconcentrer par les mimiques obscènes de Côme et Thomas, dans le dos d'Inès. Au dessert, elle s'était penchée vers lui pour lui souffler – et son haleine sentait la mousse au chocolat : *avec une carte de presse, tu rentres tranquille en boîte, non ?*

Il avait écarquillé les yeux. Est-ce qu'elle s'imaginait que le journal du lycée délivrait des cartes de presse ? Ou est-ce qu'elle l'invitait à subtiliser celle de son père ? Il avait mentionné à deux reprises le quotidien pour lequel travaillait Thibault sans qu'elle saisisse la perche ; peut-être ne lisait-elle pas la presse nationale.

— Moi, ça fait six mois que je rentre facile, mais pour toi, ça serait pratique, cette année. C'est toujours plus compliqué pour les mecs.

Justin avait hoché la tête sans répondre, faute de savoir par où commencer.

— Bon sinon, rien à voir, mais tu sais ce que j'écrirais, à ta place ? Un truc sur la classe, pour rigoler. Un *postiche*. Comme une caricature, tu vois ?

Il voyait.

— C'est une idée chanmé, non ?

— Carrément.

— Ah, génial ! On va se marrer ! J'ai hâte que tu me fasses lire.

Ça a commencé comme ça, par une promesse extorquée par une minijupe verte et des yeux gris. Inès, en retour, ne l'a pas renié : elle a déclamé le premier opus de Justin à un groupe de curieux dans la cour. Le one-man-show a obtenu son petit succès. Depuis, chaque lundi matin, Inès s'enquiert, l'air pénétré, de «l'état de son inspiration» et il lui livre en avant-première chaque nouvelle *Péripétie*. Les autres garçons s'agacent de ce que Justin ne semble même pas chercher à retirer tous les bénéfices envisageables de son étonnante proximité avec Inès.

En réalité, l'émoi qu'il éprouve quand elle s'approche sans prévenir ne résiste pas aux commentaires oiseux, aux blagues comprises de travers, à l'ironie manquée et à son narcissisme extrême. Elle n'a lu aucun de ses articles pour le journal, et s'intéresse exclusivement aux textes qui lui livrent une version magnifiée d'elle-même.

Justin a été intronisé bouffon de la reine et responsable de la propagande, deux fonctions dont il ne sait comment se dépêtrer. Personne ne comprendrait qu'il mette un terme aux aventures de leurs avatars. Encore moins qu'il s'éloigne volontairement du cercle envié des *cools* pour se compromettre avec des êtres humains de seconde catégorie.

À l'idée que Thibault Bonnefond tombe sur l'un des épisodes de la *Seconde C*, l'estomac de Justin se contracte sur les nems. Tant qu'il n'est confronté qu'aux fameuses questions pour aller plus loin, il peut s'estimer heureux.

JUIN

Le certificat

Le 1er juin, le conseil de classe félicite Thelma pour l'ensemble de son œuvre et valide un passage en première scientifique. À Violette, les mêmes proposent de redoubler.

Thelma annule l'entraînement prévu le soir pour rester auprès de son amie. Elle n'hésite pas, bien que cela lui coûte. Le décompte des séances d'entraînement avec Faroy l'obnubile. Parfois, à l'interclasse, elle passe en coup de vent au gymnase. Aux repas, elle consent des efforts, de crainte de performer en deçà de ses attentes le jour J. L'idée de le décevoir, juste avant de le quitter pour tout l'été, lui est insupportable. Elle ne se pèse plus pour ne pas changer d'avis. Elle rectifiera la trajectoire après la course. Pendant qu'elle court au gymnase avertir Faroy du changement de programme, Violette appelle sa mère.

Thelma la retrouve adossée aux grilles du lycée, le visage cramoisi, animé de lents mouvements de haut en bas, comme Billie, petite, qui s'obstinait à hocher la tête au téléphone sans intégrer qu'à l'autre bout du fil, on ne la voyait pas. En l'occurrence, la caméra est superflue, le son suffit à relayer l'humeur de Mélanie.

— La vache, j'ai pas fini d'en entendre parler.

— Je te raccompagne.

Elles marchent côte à côte. Thelma s'accuse en silence du naufrage. Ces dernières semaines, elle a davantage couru avec Faroy que révisé avec Violette. Elle avait la bénédiction de l'intéressée, mais ça n'excuse rien. Si ça se trouve, ça s'est joué à un cheveu, quelques heures de bachotage en plus auraient pu transformer un huit en douze et changer l'issue des délibérations. Elle se demande si son amie lui reproche sa légèreté.

Dans la cuisine, les lèvres serrées, Violette extrait du placard un sachet de pain de mie et du beurre de cacahuète. Le genre d'aliment qui appartient pour Thelma à la même catégorie que les insectes grillés ou la bouffe pour chien : elle sait que des gens en achètent, elle veut bien entendre que c'est comestible, mais elle n'en consommera de son plein gré que dans une situation de dernier recours, de type désastre nucléaire ou fin du monde. Normalement, observer quelqu'un se remplir de cette manière lui procure une joie fourbe, la satisfaction de la supériorité associée à la jouissance de l'abstinence. Ça la chagrine de ressentir une émotion si peu charitable aux dépens de son amie, un jour comme aujourd'hui.

Violette esquisse un geste las en direction du cellier.

— Il doit y avoir des pommes.

Elle étale consciencieusement la pâte à tartiner en couche épaisse. Thelma suit les mouvements du couteau. Çà et là émergent les irrégularités qui doivent justifier l'appellation «crunchy» en grosses lettres sur le pot. Une fois le toast recouvert, Violette relève la tête.

— Je l'avais dit ou je l'avais pas dit? À Noël, c'était plié. C'était vraiment pas la peine de s'emmerder.

— Mais tu ne peux pas accepter! C'est pas juste! Ta moyenne s'est améliorée au dernier trimestre, non?

— Arrête, on dirait ma mère. Elle veut faire appel.

— Pas toi?

— Moi, la seule chose que je veux, c'est partir en vacances.
— Non, sérieusement…
— C'est très sérieux. Je veux tirer un trait sur cette année de merde. Le plus tôt, le mieux.
Violette mord dans un coin de la tartine. Thelma visualise la pâte collante formée par la mie et le beurre de cacahuète lui tapisser le palais, engluer son œsophage. De fait, Violette se verse un demi-verre de jus de pomme qu'elle coupe à l'eau gazeuse. Elle boit trois grandes gorgées avant de poursuivre :
— Redoubler, je ne sais même pas ce que j'en pense. Est-ce que tu plonges dans une boucle temporelle ? Ou est-ce que c'est comme une deuxième prise, « Coupez, on la refait, moins glauque, cette fois » ?
Thelma est saisie d'un vertige. Tout à coup, elle prend conscience des épreuves qui se sont enchaînées pour Violette ces derniers mois. Le déménagement de Lucas. La séparation de ses parents. L'irruption d'une belle-mère qui porte des shorts en cuir l'hiver et l'appelle *ma Vio*. Le désastre scolaire. Violette est restée debout bien droite, elle a soutenu Thelma à travers toutes ses vraies-fausses tentatives de guérison sans jamais se lamenter sur son sort, à croire que les catastrophes glissaient sur elle.
Excuse facile.
La vérité, c'est que Thelma s'est concentrée sur ses propres problèmes au détriment de ceux des autres. Elle n'aurait pas pu sauver la relation à distance de Violette et Lucas, encore moins le mariage de Mélanie et Nicolas Pichon, mais elle aurait dû tenir la nuque de Violette fermement penchée sur *Déclic Seconde*, remplacer toutes les sessions annulées pour cause d'entraînement : ça, c'était à sa portée, c'était même le minimum. Au lieu de quoi, elle a cédé à l'indolence de

Violette, à son fatalisme, à son *de toute façon c'est déjà mort*, qui triomphe aujourd'hui en *je l'avais dit ou je l'avais pas dit ?*

Elle a abandonné sa meilleure amie pour préparer une course à pied, étape hasardeuse vers une possible perte de virginité dont l'efficacité thérapeutique globale reste à démontrer.

Violette a englouti la première tranche de faux pain reconstitué tartiné au gras et s'en prépare une deuxième. Elle n'insiste pas pour que Thelma ingère quoi que ce soit, ne s'agace pas de sa posture de porte-manteau, les bras ballants à côté de la table. En général, Violette accepte. La situation. La stagnation. Le temps infini que Thelma prend pour guérir alors que tout est mis en œuvre pour l'aider, elle, elle seule, tandis que les autres se débattent avec leurs problèmes sans qu'elle lève le petit doigt en retour. Thelma se sent tellement reconnaissante que les larmes lui montent aux yeux. Elle voudrait crier à Violette qu'elle va tout faire pour aller mieux rapidement et pour de bon, mais elle ne sait pas évaluer la solidité de cet élan, sa pérennité. Elle a donné trop de faux espoirs, fait subir trop de douches froides. Et puis ce serait parler d'elle, encore, à un moment pareil : preuve ultime de son égocentrisme.

— Je ne crois pas que je resterai jusqu'à ta course. J'irai peut-être chez mon père, pour la piscine.

Thelma est horrifiée. Elle est persona non grata chez Nicolas Pichon depuis l'épisode du bain nocturne. Elle ne l'en blâme pas, il a vraiment eu l'air de flipper quand il l'a retrouvée toute mauve, agrippée à la margelle, à enchaîner les battements de jambe en rythme, tellement concentrée sur son effort qu'elle ne l'a pas entendu approcher. Elle n'avait découvert que la moitié du rideau de piscine, erreur débile qui l'avait trahie. Elle se rappelle encore le cri de bœuf à l'abattoir qu'il a poussé.

— Mais t'inquiète, précise Violette, je viendrai t'encourager.

— Je peux toujours dormir chez toi à la fin de la course ?

— Oui, oui, on fait comme on a dit, je reviendrai une ou deux nuits chez maman.

Un dernier élément, et non des moindres, reste à valider.

— Avant que tu partes chez ton père… J'ai besoin de toi, tu sais, pour le certif…

Violette avait promis d'y réfléchir, mais la mission semble lui créer des états d'âme. Elle n'en est pourtant pas à son coup d'essai : avant que le divorce de ses parents lui permette de se retirer des affaires, Violette détenait un juteux commerce de dispenses de sport. Dès qu'une fille voulait se la couler douce quelques semaines, elle savait où s'adresser. Aucun adulte n'a jamais détecté la supercherie. Mais pour le certificat médical de Thelma, Violette se fait prier.

— T'abuses, de me demander ça.

— Je sais… mais je ne peux pas tout foutre en l'air maintenant… Je passerais pour quoi ?

Violette fronce les sourcils :

— C'est une responsabilité de ouf…

— Mais non : si c'était pas raisonnable, il ne m'aurait pas proposé de m'inscrire !

— Si c'était raisonnable, tu n'aurais pas besoin de moi pour ton certif.

— Tu sais combien de kilomètres j'ai déjà couru, seule ?

— Fais-moi peur.

— Trente et un.

— Je ne me rends pas compte.

— Trois heures et quart, en gros.

— T'es barge... Enfin, là, c'est encore onze de plus !

— Dans des conditions ultra-sécurisées ! Faroy courra avec moi. Il y a des ravitaillements tous les cinq kilomètres, de l'eau partout, des voitures-balais, des caméras infrarouges qui détectent les malaises...

— Des caméras infrarouges qui détectent les malaises, t'es sérieuse ?

L'imagination de Thelma s'est un peu emballée.

— En tous cas, tu cours avec une puce qui mesure ton temps de parcours, donc si tu t'effondres, les organisateurs le voient tout de suite.

— Attends, il y a beaucoup de gens qui *s'effondrent ?*

— Et si je ne le sens pas, j'abandonne.

— Jure.

— Je le jure.

— Si quelqu'un s'en aperçoit, je me fais trucider.

— Personne ne s'en apercevra. Je te donnerai une ordonnance récente, avec le tampon du médecin, la signature, tout...

— Tu l'as avec toi, là ? Je ne dis pas oui, je veux juste voir l'ordo. Ce que je pourrais éventuellement utiliser.

Thelma hésite. La prescription pour les compléments de fer est bien rangée dans son sac, mais Violette ne doit pas deviner qu'elle prémédite son coup depuis ce matin, qu'elle a pensé au certificat médical le jour du conseil de classe. D'un autre côté, si elle attend lundi, elle court le risque que Violette change d'avis.

— Il faut que je regarde, je l'ai peut-être, laisse-moi voir.

Trois jours plus tard, avant d'entrer dans leur dernier cours d'anglais de l'année, Violette lui tend une feuille pliée en deux.

— Voilà.

Thelma inspecte le sésame. Violette a trafiqué le tampon du généraliste des Gardel, en remplaçant le nom de Meunier par celui d'un praticien repéré sur Doctolib, choisi parce qu'il exerce dans la région (pour la vraisemblance), mais pas trop près (pour limiter les risques).

— C'est une œuvre d'art, s'extasie Thelma. Ça t'a pris longtemps ?

— Ouais quand même... Mais j'avais besoin d'une activité manuelle ce week-end.

Big Bern ouvre la salle de classe et elles s'installent au milieu de la troisième rangée. Thelma replie le certificat avec soin et le glisse dans le rabat plastifié de son cahier de correspondance. La falsification ne lui crée aucun cas de conscience. Si les autres connaissaient aussi finement qu'elle les possibilités de son corps, elle courrait avec la bénédiction de tous. Elle ne leur en veut pas, ils ne se rendent pas compte. Et si jamais elle sous-estime la difficulté physique, un marathon se termine au mental. Sur ce plan-là, elle est rarement prise en défaut, elle sait qu'elle ne lâchera pas. Un sentiment d'euphorie l'envahit. Elle va s'élancer sur un marathon en compagnie de Guillaume Faroy ! Quatre ou cinq heures d'effort intense, l'un à côté de l'autre.

Violette remue les stylos dans sa trousse pour couvrir son chuchotement :

— Avec le mal qu'on se donne, j'espère que tu vas coucher avec lui !

Thelma hoche la tête, conquérante. Pourtant, la perspective la rend de plus en plus mal à l'aise. C'est difficile à expliquer. Elle a toujours envie de perdre sa virginité, oui, bien sûr, pour un tas de raisons. Rabattre leur caquet aux crétins de sa classe, s'affranchir de l'Entraîneur, prouver qu'elle peut séduire. Valider, surtout, qu'elle est prête à faire son entrée dans la vraie vie. Elle a lu quelque part que *la jeune fille anorexique,* comme s'il n'y en avait qu'une ou une armée de clones, *se complaît dans le contrôle de ses pulsions sexuelles.* Le diagnostic ne la concerne pas. Ces pulsions mystérieuses, elle n'a aucune envie de les réfréner : elles ne tardent que trop à se manifester.

Si ça doit faire mal, ça fera mal. Les douleurs se gèrent. Ce n'est pas non plus que Faroy ne lui plaise pas. Elle n'arrive pas à cerner ce qui bloque. La Peur de l'échec ?

L'Entraîneur ne s'oppose que mollement à l'entreprise. Il doit se dire qu'elle n'osera pas, qu'elle craindra trop de n'avoir rien à dire à un homme de vingt-huit ans, que si par miracle elle trouvait la ressource de tenter quelque chose, et si par une improbable conjonction de planètes Faroy envisageait de céder à ses avances, sa position de prof constituerait l'ultime garde-fou.

Le plan offre à l'Entraîneur une multitude de sorties de secours. Il n'est pas inquiet. À chaque déconvenue, Thelma lui revient plus fidèle, plus docile.

Ennui

On aurait bouclé le programme. L'idée de chipoter ne vient à personne. En maths, on organise un goûter en blanc, en histoire-géo on visionne des films historiques à grand spectacle. Le 5 juin, les élèves de seconde sont renvoyés chez eux pour que le lycée mue en centre d'examen. Le 6, Violette déserte et commence à envoyer à Thelma des citations consternantes de sa belle-mère assorties d'émoji désespérés. À vol d'oiseau, elle est tout près, une dizaine de minutes à tout casser, une rivière et l'autoroute à franchir, mais les personnes qui ont conçu le réseau de bus de l'agglomération ont des idées bien arrêtées sur les flux de population. L'habitant est réputé vouloir rejoindre la métropole par la trajectoire la plus directe. Traverser la vallée pour rejoindre le village d'en face ne figure pas parmi les options. Thelma ne sait pas pourquoi ça la contrarie, puisqu'elle n'a pas droit de cité chez le père de Violette. Le désœuvrement, sans doute. En arriver à réfléchir aux politiques d'aménagement des territoires périurbains. Elle relit aussi les livres de cuisine de ses parents et quelques classiques, Flaubert, Zola, pour s'avancer pour l'an prochain.

Le gros des matinées est consacré à la préparation du marathon. Elle a repéré le trajet à vélo dans les deux sens, appris par cœur le dénivelé par section de cinq kilomètres, sélectionné chez Decathlon une nouvelle paire de baskets pour la roder avant la compétition. Elle passe ses journées dans un état de nervosité avancé, ponctuellement apaisé par les endorphines de la course à pied. Le plan préconise de décélérer ; mais elle donnerait volontiers un dernier coup de collier. Son zèle sportif ne suffit pas à meubler vingt-quatre heures. À la mi-journée, elle tourne en rond. Billie est à l'école, Cécilia à Chemins de Campagne, Thierry avec ses étudiants de première année ou leurs copies. Rien n'est prévu pour Thelma avant fin juillet, ni séjour linguistique ni stage de natation. Les parents avaient prévenu qu'ils ne l'inscriraient à rien « dans son état », mais elle ne pensait pas qu'ils mettraient la menace à exécution.

Elle se retrouve à la maison avec l'Entraîneur pour unique interlocuteur. Sa solitude ne semble pas inquiéter outre mesure les parents. Leur vigilance s'est distendue ces dernières semaines. Ils sont moins aux aguets que d'habitude. Par exemple, personne ne déjeune avec Thelma. Cécilia lui laisse des tupperwares dans le réfrigérateur, ne râle pas quand elle se prépare autre chose à la place. On lui réclame peu de comptes sur son emploi du temps. Avant le conseil de classe, les soirs où elle s'entraînait avec Faroy, elle racontait qu'elle travaillait avec Violette. L'alibi est doublement caduc avec la fin de l'année et l'exil de sa copine, mais le pli de voir rentrer Thelma à vingt et une heures trois fois par semaine semble pris, on lui pose peu de questions. C'est déstabilisant. Est-ce qu'elle a raté quelque chose ? Une nouvelle consigne de Soreil ? Un pépin de santé ? Un problème avec Billie ?

Souvent, ces soirs-là, elle retrouve sa mère en train de lire au lit et son père qui glandouille sur son téléphone devant la télé allumée. Sur la table de la cuisine, un dîner prêt à réchauffer. Plus d'une fois, elle a failli prétendre avoir déjà mangé, mais à quoi bon ? Elle déjeunera à nouveau sans témoin le lendemain ; elle est seule à la barre.

Lors du rendez-vous hebdomadaire chez le médecin, elle constate qu'elle a repris les deux kilos envolés en avril, consolidés de deux cents grammes. Retour au poids plancher, celui en deçà duquel elle n'était jamais censée descendre. S'aventurer en zone rouge n'a finalement pas provoqué grand-chose. Ni cris, ni supplications, ni camisole, ni sonde dans la narine. Il est vrai qu'elle n'a pas traîné longtemps en eaux troubles. La remontée s'est opérée aussi insensiblement que la baisse, sans qu'elle modifie ses habitudes alimentaires, à part la demi-banane ou la pomme avalée dans le vestiaire avant chaque entraînement, pour des bénéfices immédiats, palpables, presque magiques sur ses performances.

La hausse de poids ne l'enchante pas. Elle tranquillise un peu l'Entraîneur dépité : allez, c'est transitoire. Et puis, dans le cadre d'une préparation physique aussi intense, il ne peut s'agir que de muscles et d'eau.

N'est-ce pas ?

Lors de son dernier rendez-vous chez Soreil avant les vacances, Thelma meurt d'envie de tout lui déballer : Faroy, le marathon ! Pourtant, malgré la confidentialité de leurs entretiens, elle ne peut lui parler ni de l'un ni de l'autre sans risquer de compromettre ses plans. Elle s'arrange pour rester aussi vague que possible, évoque une compétition sportive à laquelle elle participe sous la tutelle d'un ami plus âgé. Son imprécision doit contraster avec l'excitation qui la saisit dès qu'elle aborde le sujet. À une semaine du départ, ses pensées refusent de se fixer sur autre chose, et elle n'a même pas Violette sous la main comme déversoir. Un supplice.

— Quel genre d'épreuve sportive ?

— Une course à pied.

— Longue, j'imagine ?

Elle sourit trop, il va se douter qu'il y a un loup. Elle ne doit pas le placer en porte-à-faux vis-à-vis de ses parents.

— La perspective de cet événement a l'air de vous rendre joyeuse. Ou est-ce de parler de votre ami ?

Thelma essaie de maîtriser la largeur de son sourire :

— Les deux, je crois.

JUILLET

Sans résidus

Il est seize heures cinquante-cinq, le jour du marathon, quand Thelma sonne chez Guillaume Faroy. Il lui ouvre en chaussettes de tennis, short noir et T-shirt technique orange.

— Alors ça y est… nous y sommes ! Tu es en forme ?

Thelma répond par l'affirmative même si la situation requiert de la nuance. En début d'après-midi, au moment où elle s'installait dans le bus, son sac à dos a vibré sur ses genoux. Violette *appelait.* Elles gèrent les affaires courantes par texto ; mauvais pressentiment. Sans circonvolutions, Violette a annonçé la calamité.

— Mon père refuse de me ramener avant le jour prévu.

— Mais… t'avais pas demandé avant ?

— Ben non, ça ne pose jamais de problème !

— Et ça en pose un pile aujourd'hui ?

— Il organise un truc pour l'anniversaire d'Antonia, il dit qu'il m'avait prévenue. J'en sais rien, peut-être. Possible que j'aie zappé. S'il croit que je connais sa date de naissance !

Bon, mais tu as dit que c'était pas possible ?

— Évidemment. J'ai dit que je devais rentrer pour aller au ciné avec toi. Ça a fait un scandale monumental, Violette tu abuses, tu abuses considérablement, le ciné peut attendre deux jours, l'affiche n'aura même pas changé gna gna gna. Je dis que ça ne peut pas attendre un seul jour, Antonia le prend pour elle, se met à chialer, et dès qu'elle pleurniche mon père monte dans les tours, enfin je te fais cadeau des détails. Total, je suis privée de ciné pour toutes les vacances.

— T'es pas retournée au ciné depuis que Lucas a déménagé !

— Je suis aussi séquestrée ici jusqu'à la fin de la semaine.

— *Quoi*?

— Je ne peux pas venir t'encourager, je ne peux même pas t'héberger après la course. Désolée, Thelmouille, j'ai merdé.

Thelma est trop hébétée pour rebondir.

— Comment tu vas faire, du coup? J'espère que ça ne t'oblige pas à annuler?

Annuler? Il est hors de question d'annuler. Elle courra ce marathon, quitte à passer la nuit sur un carton.

Impossible de rentrer chez elle en catimini après la compétition, elle n'a pas emporté ses clés. Frapper? Jamais les parents ne goberont qu'elle s'est engueulée avec Violette et que Mélanie l'a laissée repartir seule en pleine nuit. Elle mouline à voix haute les options restantes, vite, vite. S'introduire en douce chez le père de Violette? Il suffirait que quelqu'un la dépose en voiture après la course. Elle pourra sûrement demander ce service à Faroy…

Violette pulvérise la suggestion :

— Vu l'ambiance, et… vos antécédents… c'est vraiment pas le meilleur moment pour faire changer mon père d'avis…

— …

— Je suis vraiment désolée, Thelmouille.

— C'est bon, je vais me débrouiller.

— Il te reste toujours l'option offensive…

— C'est-à-dire?

— Tu dors chez lui !

— Ha ha.

— Bon… j'espère que tu ne m'en veux pas trop. Tiens-moi au courant, hein ?

Thelma appuie sa tête contre la vitre du bus et fixe son regard à quelques mètres des roues, là où le paysage se résume à des bandes de couleurs continues, le gris sombre du trottoir, le vert des arbres, le blanc du ciel, et quelques flashs évanescents au surgissement de voitures, de façades ou de panneaux. Elle attend la bouffée d'angoisse qui la saisit chaque fois que les événements ne suivent pas le cheminement anticipé. Sa gorge se serre, mais la sensation se dissipe après trois ou quatre arrêts – comme si elle avait atteint un plafond de nervosité, où les nouvelles inquiétudes rognent sur les précédentes.

Elle courra, et on verra.

— Par contre, explique-moi ce que tu fais en jean ?

— J'ai mes affaires dans mon sac, avec la puce et le dossard. Je peux me changer ici ?

— La salle de bains est au fond du couloir, sur ta gauche. Dépêche-toi, le gâteau sort du four.

Il a insisté sur l'horaire à respecter pour leur dernier repas, trois heures avant le départ, pour que la digestion ne les gêne pas. Thelma longe un couloir, les fines lattes de parquet claires et brillantes craquent sous ses pieds. Contre les plinthes, des bandes dessinées sont alignées, bien rangées par auteur et collection. La porte de la chambre est ouverte sur le lit défait. Un oreiller sur la moquette, deux autres empilés sur un coin de la couette. Des vêtements en vrac sur un fauteuil en osier. Au-dessus du lit, la carte marine d'un archipel inconnu. D'où elle se trouve, impossible de déchiffrer la légende. Elle aimerait enregistrer chaque détail mais n'ose pas ralentir le pas.

Dans la salle de bains flotte une odeur de déodorant pour homme et de gel douche à l'eucalyptus. Sur la tablette au-dessus du lavabo, une chope à bière contient un tube de dentifrice blanchissant et deux brosses à dents.

Deux ?

Thelma furète à la recherche d'autres indices, mais les étagères ne recèlent aucune preuve de présence féminine, même intermittente. Thelma examine l'usure inégale des poils. Faroy a peut-être juste oublié de jeter l'ancienne ? Elle s'observe dans le miroir pendant qu'elle se déshabille. Ce n'est pas la première fois qu'elle se trouve en sous-vêtements à quelques mètres de Faroy – mais entre les vestiaires du gymnase et cette salle de bains, rien de semblable. Ici, elle s'immisce dans son univers. Son odeur. Ses affaires. Elle reste à moitié nue quelques secondes de plus que nécessaire.

— Thelma ? C'est servi !

Elle n'a pas verrouillé la porte. Si elle ne répondait pas, est-ce qu'il viendrait voir ce qui se passe ?

Il ne vient pas.

Évidemment qu'il ne vient pas !

Elle le rejoint dans la pièce principale où il a dressé un couvert sommaire : deux verres, des assiettes à dessert, et un plateau sur lequel il a démoulé son gâteau énergétique à digestion rapide. Thelma repère sur le plan de travail la boîte cylindrique d'où est issue la matière première déshydratée. Le mode d'emploi tient en trois pictogrammes : ajouter de l'eau, verser dans un moule, enfourner à 180 °C.

— Qu'est-ce que ça veut dire, « sans résidus » ?

— Ça évite d'avoir à chercher des toilettes en urgence, si tu vois ce que je veux dire. L'organisme absorbe tout.

Elle regrette sa question.

— J'ai pris la recette aux pépites de chocolat, ça te va ? Il a tiédi pendant que tu te changeais, tu peux commencer.

Il garnit l'assiette de Thelma.

Une part énorme.

Elle s'assied le plus calmement possible, s'arme d'une cuillère et goûte du bout des dents. La texture s'apparente à celle d'un gâteau au chocolat classique, pas très éloigné de ceux que prépare Cécilia pour les anniversaires, dont Thelma picore parfois quelques miettes.

— La posologie, c'est un tiers ou la moitié avant la course, dit Faroy, en débitant en tranches le reste du gâteau.

Elle sourit à la plaisanterie, se rend compte qu'il parle sérieusement.

Un *tiers* ?

Est-ce qu'il se figure que l'estomac de Thelma est capable d'ingurgiter un tiers de cake au chocolat ?

Il y a un malentendu.

Tout son être se tend, la nausée la saisit, elle a chaud. Elle se sent trahie, manipulée. Comme si quelqu'un avait manœuvré en coulisse pendant des mois pour aboutir ici et maintenant, à cette douche froide, ce guet-apens, ce choix impossible, face à Faroy qu'elle ne peut pas décevoir, sans porte de sortie honorable à moins de trois heures du départ. Ils ne sont que deux dans la pièce, mais l'univers est suspendu à sa décision. On lui impose une épreuve avant l'épreuve. Au regard de ce qui se joue à ce moment précis, quarante kilomètres de course à pied et une nuit à la belle étoile ne constituent plus que des préoccupations triviales, des événements d'une affligeante banalité.

En face d'elle, Faroy accompagne chaque bouchée d'une courte gorgée d'eau.

— Ce soir, on court pour toi. On profite, on termine si on peut, sinon tant pis. La performance est secondaire, c'est ça qui est fantastique. Avec l'expérience, tu verras, tu stresses davantage : ton chrono te tyrannise. Alors que toi, ce soir, tu es libre !

Il a déclamé sa dernière phrase sur un ton presque lyrique. Thelma sent qu'un accusé de réception un peu formel s'impose, mais son attention est accaparée par le dilemme.

Claquer la porte ou manger ?

Lutter avec ou contre l'Entraîneur ? À quelle équipe faire allégeance ? Quelque chose en elle voudrait se fier à Faroy. Plier. Manger. Mais elle ignore si elle est physiquement capable d'ingérer cette nourriture de synthèse, conçue pour fournir autant d'énergie que possible, tout entière assimilée par son corps, sans laisser aucune trace. Le crime parfait. La version grand public, légale, de la sonde à renutrition.

Digestion facile, cinq cents calories par portion.

Plus bas, en petits caractères, une litanie barbare :

Lactosérum en poudre, lécithine de soja, huile de colza raffinée, caséinates, triphosphate pentasodique, silice amorphe, dioxyde de silicium, gomme arabique, dextrose, sirop de glucose caramélisé, bicarbonate de soude, phosphate tricalcique, carbonate de magnésium, maltodextrines, enzymes.

Insensé.

— Tu es bien silencieuse. Tu as correctement dormi la nuit dernière ?

— Ça va, marmonne Thelma.

Elle saisit le couteau qu'il a reposé dans le moule et morcelle sa tranche en dés minuscules. Comme on se jette dans une piscine d'eau froide, elle pose sur sa langue le premier cube. Presque instantanément, la matière se dissout dans sa bouche. Elle déglutit. Se ressert tout de suite pour ne pas se laisser le temps de la réflexion. Et encore. Faroy s'excuse pour passer aux toilettes. Il la laisse seule dans la pièce avec le troisième morceau en bouche, une irrésistible envie de recracher la bouillie chocolatée dans la poubelle et d'y fourrer d'un même mouvement tout le contenu de l'assiette. Il n'en saura rien. Elle n'a qu'à écarter le reste des déchets, caler le gâteau dessous, tasser un peu.

Et de quoi est-ce qu'elle aurait l'air, prise en flagrant délit, les bras plongés jusqu'aux coudes dans ses détritus ? Elle sature des tactiques dégradantes que lui impose l'Entraîneur, elle a passé ce stade. Tant pis, elle ne fera pas semblant. Elle refusera de manger et affrontera la déception de Faroy. Peut-être qu'il l'empêchera de prendre le départ. Elle assumera.

Lorsqu'il revient, il ne lui faut pas longtemps pour détecter le malaise de Thelma.

— Je te trouve vraiment pâle. Tu es sûre que ça va ?

Il esquisse un geste vers son assiette encore pleine.

— Pas trop fan ?

— Je n'ai pas l'habitude de ces préparations, c'est un peu bizarre pour moi.

Il secoue la tête d'un air contrarié.

— J'aurais dû te faire goûter à l'entraînement. On ne teste rien de nouveau juste avant la course… c'est une règle de base. Bon : si ça ne passe pas, ne te force pas. Un morceau de pain et un peu de confiture, ça fera aussi bien le job.

Si ça ne passe pas, ne te force pas.

Elle a envie de pleurer de soulagement et de gratitude, elle pourrait l'embrasser. Elle essaie de parler normalement.

— Je vais en prendre encore deux petits morceaux, ça ira.

Ils s'installent sur le canapé pour patienter. Penché sur son téléphone, Faroy passe de Météo France à la Chaîne Météo et peste contre les prévisions contradictoires. Cinquante pour cent de probabilité de précipitations dans les six prochaines heures. Ça nous aide ! Ils tirent à pile ou face, tu crois ? Je ne voudrais pas que tu prennes froid, mais trimballer un K-way pour rien sur quarante kilomètres, ce n'est pas idéal non plus… Bon, on décidera au dernier moment.

Il étale sur la table basse trois paires de chaussettes.

— Pour une compétition importante, je peux passer quinze minutes sur le choix de la bonne paire. De toi à moi, ce sont quasiment les mêmes, ça relève de la superstition. Mais à ton cinquième marathon, je parie que tu auras déjà des maniaqueries de vieille coureuse.

Et Thelma regarde Faroy ôter la paire de chaussettes de sport qu'il a aux pieds, la remplacer par la paire rouge puis, finalement, verte.

Est-ce qu'elle a bien mesuré la difficulté de l'épreuve, si même Faroy, pour qui la course ne représente qu'un parcours de santé – un peu long, mais un parcours de santé tout de même –, peine à se défaire de ses tocs antistress ? Dans quoi s'engage-t-elle ? Est-ce que son corps ne risque pas de se disloquer ? Comment saura-t-elle que c'est le moment d'arrêter ?

Elle vide le sac en tissu retiré la veille dans la salle polyvalente de Roche-sur-Aupens transformée en temple de la course à pied. Avec les quatre épingles à nourrice fournies, elle entreprend d'accrocher son dossard sur son T-shirt. Faroy la regarde faire. Elle se demande un instant s'il va proposer de l'aider. Elle aurait du mal à rester de marbre s'il venait s'affairer sur son ventre. Il ne s'approche pas. Au contraire, il se lève, marche jusqu'à un bureau de bois foncé, ouvre le tiroir du bas et revient avec un épais marqueur bleu qu'il débouche d'un geste théâtral.

— Cale-toi contre le dossier, et ne bouge pas.

Elle s'exécute, retient son souffle, tandis qu'il s'agenouille devant elle, attrape son T-shirt de la main gauche et tire pour tendre le tissu. De la main droite, il trace six majuscules dans l'espace vierge entre son matricule et le logo du sponsor, un fabricant d'appareils électroménagers.

T.H.E.L.M.A.

Il repasse sur le M pour que la lettre ressorte bien. La pointe du feutre appuie contre son ventre. L'odeur des cheveux de Faroy se mélange à celle de l'encre indélébile. Jamais il n'a été aussi proche d'elle. Même quand il la soulevait au rugby et qu'elle sentait ses mains sur ses hanches, il restait derrière elle, elle ne le voyait pas, ne le respirait pas. C'était plus simple. À l'époque, tout était plus simple.

Il se recule, l'air d'admirer son œuvre.

— Avec ça, tu gagnes trois minutes.

— Comment ça ?

Il sourit.

— Fais-moi confiance.

Il frappe dans ses mains. Le son familier dégrise Thelma. Faroy redevient le prof d'EPS qui exige l'attention de tous, et elle l'élève docile et motivée. C'est l'heure. Aux toilettes, son ventre refuse de se vider. Elle attend quelques instants, immobile sur la lunette, à tenter de soumettre son appareil digestif à sa volonté. Rien ne se passe. En se levant, elle avise contre la baignoire, à moitié dissimulé par le rideau de douche, le sac qui contient son téléphone et les vêtements dans lesquels elle est arrivée. Elle a failli l'oublier ! Elle esquisse un geste pour l'attraper, puis change d'idée. Le sac ne se devine qu'au renflement du tissu. Elle quitte la pièce précipitamment, comme une terroriste qui vient de planquer une bombe.

Marathon

Faroy trouve une place à proximité de l'église de Roche-sur-Aupens. Le son des enceintes les guide jusqu'aux sas de départ installés sur le parking de l'Intermarché. Ils sont déjà quelques centaines à s'agglutiner à l'intérieur d'un serpentin de grilles, entre la station-service et les abris à caddies. Sur une estrade, à l'aplomb de l'arche de départ, un bassiste, un saxophoniste et une chanteuse. La sono fait vibrer le goudron. Des meneurs d'allure, repérables aux ballons de baudruche gonflés à l'hélium qui s'élèvent en bouquets au-dessus de leur tête, accueillent les participants dans leur catégorie respective.

Thelma et Faroy font la connaissance de Gégé, « meneur des 4 h 30 », ballons roses, catogan décoloré et moustache gauloise.

— Si on se perd, tu termines avec lui, explique Faroy. Tu restes dix à vingt foulées derrière, et tu le doubles dans la dernière ligne droite.

Gégé adresse un signe de l'index et un clin d'œil à Thelma, qui lui rend un sourire forcé. L'idée de perdre Faroy lui coupe les jambes. Elle n'a pas l'intention de finir la course avec Gégé ni avec qui que ce soit d'autre. Est-ce que la fièvre de la compétition rattrape son prof ? Est-ce qu'il piaffe ? Elle se remémore le changement de chaussettes.

— Thelma !

La voix provient des spectateurs massés sur les places de stationnement désertes de l'Intermarché, à l'extérieur des barrières.

— Hé ho, Thelma! Par ici!

Au milieu de la foule, elle repère Justin. En quelle qualité son camarade de classe est-il présent? Supporter, bénévole, participant? Et si Faroy l'avait entraîné, lui aussi, les mardis et vendredis, lorsqu'il ne s'occupait pas de Thelma? Elle a fait l'hypothèse de l'exclusivité, comme si Faroy ne s'intéressait qu'aux performances sportives de Thelma Gardel. Qu'à Thelma Gardel. Ridicule.

Justin brandit un pouce enthousiaste. La dame qui se tenait devant lui se décale, et Thelma aperçoit avec soulagement ses vêtements de ville. Tout à coup mieux disposée à son égard, elle se faufile jusqu'à la grille. Justin agrippe la barrière comme s'il craignait, malgré son gabarit, d'être emporté par le flot.

— Tu vas vraiment courir quarante-deux bornes?

— C'est l'idée.

— Je serai au dix-huitième, à la sortie du bois. Sur la droite.

Thelma le dévisage :

— Qu'est-ce que tu vas faire là-bas?

Il a l'air un peu gêné.

— Ben, je vous encouragerai, toi et Faroy. Enfin, les autres aussi.

Après une courte pause, il ajoute :

— Il y a une animation à cet endroit, un groupe de rock pas mal, j'avais prévu d'aller les écouter de toute façon.

Est-ce qu'il a prévenu Faroy? À elle, il n'a rien dit. Elle l'aurait dissuadé de venir : pas besoin de pression supplémentaire.

— C'est sympa mais on n'y sera pas avant vingt-deux heures, dans le meilleur des cas. Et il risque de pleuvoir.

— T'inquiète.

Thelma connaît Justin depuis des années. L'été entre la quatrième et la troisième, il a grandi et épaissi d'un coup, une poupée russe remplacée par le modèle d'au-dessus. En septembre, relégué au dernier rang sur la photo de classe, il avait l'air le premier étonné. Depuis qu'il publie ses chroniques, Thelma a l'impression que plus personne ne se comporte avec naturel en sa présence ; comme s'il fallait toujours se faire valoir. Elle est saisie d'un doute :

— Tu ne vas pas écrire sur le marathon, si ?

— J'avais pas prévu, mais si tu penses que c'est une bonne idée…

— Non, non, pas du tout. Tu voulais voir Faroy ? Il discute avec le régleur d'allure, sous les ballons – je l'appelle ?

— Pas la peine, je le verrai plus tard.

— À tout à l'heure, alors.

— Cherche-moi sur le côté, au dix-huitième !

Elle acquiesce. Avec la défection de Violette, Justin sera leur unique supporter. C'est peut-être mieux que rien.

La fanfare s'interrompt. Au coup de feu, la foule jaillit vers l'avant comme une vague, et Thelma redoute d'être projetée contre les barres métalliques des grilles closes. Le faux départ est vite enrayé.

— Ils ont libéré les Élites, explique Faroy. Vérifie que ta puce ne bouge pas. Ça ne va plus tarder.

Thelma resserre ses lacets. Celui de sa basket droite fixe à sa chaussure la puce qui enregistrera ses temps de passage à chaque borne kilométrique. La musique grandiloquente reprend. L'excitation de Faroy, les fumigènes et l'électrisation générale plongent Thelma dans un état de jubilation.

Elle s'élance, autant qu'on puisse s'élancer au milieu d'un troupeau compact. Faroy, en retrait, maintient entre eux une demi-foulée ; c'est elle qui dicte le rythme de leur binôme. Elle se remémore ses recommandations : se forcer à ralentir, ne pas doubler dans les premiers kilomètres, conserver son énergie intacte ; avant le deuxième semi, rien n'a commencé.

Autour d'elle, des inconnus échangent des plaisanteries dans une ambiance bon enfant. Chaque fois qu'elle entend la voix de Faroy lui demander si ça va, elle combat l'envie d'accélérer. Elle cale son allure sur celle du peloton qui se forme sous les ballons roses.

— Ça va.

Ça va même très bien.

Le paysage défile ; les rues pavées du centre-ville, la place rose du tribunal, le parvis de la gare, un pont au-dessus des rails, les quais, la rivière, la base de loisirs, les collines. Que regarde-t-il, lui ? Est-ce qu'il détaille sa nuque ? ses mollets ? son short ? ses fesses ? La plupart des coureurs sont des hommes, fourchette large, vingt-cinq à soixante-dix ans. Thelma ne se fond pas dans le décor. Des inconnus massés sur les côtés de la chaussée lui scandent des encouragements personnalisés : Vas-y, Thelma, ne lâche rien ! Allez, Thelma !

— Le coup du prénom, ça marche toujours, s'amuse Faroy. Mais à ce point, j'ai rarement vu ça ; ça doit être l'effet Thelma Gardel.

Ça ressemble à un compliment. Ça la met d'excellente humeur. Comme Elizabeth à la parade, elle a un sourire vissé aux lèvres, qui s'estompe à peine entre deux applaudissements et s'offre généreusement à tous ces braves gens qui la soutiennent sans la connaître. Elle distribue des signes de tête au hasard faute de toujours réussir à identifier d'où proviennent les cris, peu importe, tout le monde semble être venu pour elle. Sur le bord du parcours, des enfants lui tendent des mains à taper comme s'ils l'attendaient. Ceux qui la doublent la gratifient d'un commentaire sur la légèreté de sa foulée.

Au quatorzième kilomètre, une fine bruine se met à tomber. Les spectateurs se raréfient sur les quais. Devant Thelma, un homme déplie un poncho transparent et l'enfile, les derniers rayons du jour se reflètent sur la toile mouillée, on dirait un spectre à la poursuite des vivants. Sur de longs tronçons de route, ils ne croisent plus personne. Les distances se creusent aussi entre les coureurs. Peut-être parce que le risque de se perdre diminue, Faroy suit Thelma d'un peu moins près. Elle entend moins distinctement son souffle derrière elle. Elle se concentre sur la bande de peinture bleue sous ses pieds, ce fil d'Ariane entre eux et l'arrivée.

Tous les cinq kilomètres, des bénévoles en gilets fluorescents proposent un ravitaillement. Au cinquième et au dixième, Thelma boit un gobelet d'eau. Au quinzième, Faroy rafle deux morceaux de sucre qu'il lui tend, paume ouverte. Elle en glisse un dans sa poche et porte le deuxième à ses lèvres pour en croquer quelques grains. Immédiatement, la salive sucrée lui coule dans la gorge, atteint son estomac, irrigue ses muscles. Elle embarque pour le même voyage que les grains, parachutée dans son propre corps comme un personnage du dessin animé qu'adore Billie, *Il était une fois la Vie*. Elle devient un globule rouge ventripotent ou une sentinelle attentive, veillant à la bonne exécution du parcours, à la progression ininterrompue dans son sang.

Elle serre le sucre encore quasiment intact entre son pouce et son index, l'abrite du crachin en formant un parapluie avec ses autres doigts. Elle s'accorde une nouvelle minuscule ration de glucose à la borne du seizième kilomètre, puis quelques grains frais au dix-septième. Elle économise le morceau magique pour qu'il dure le plus longtemps possible, comme la petite fille aux allumettes. Peu importe qu'il ne reste que deux kilomètres avant le prochain ravitaillement, qu'un gel énergétique à la pêche soit scotché dans la poche de son short, c'est de ce morceau de sucre là qu'elle a besoin si le feu s'éteint. Elle le change régulièrement de côté pour ne pas l'imbiber de sueur, ne le serre pas trop fort pour qu'il ne se désintègre pas, assez fermement pour ne pas le laisser tomber.

Elle en a tété le quart quand un cri la cueille par surprise.

— Thelma ! M'sieur Faroy ! À droite !

Justin agite les bras comme une marionnette désarticulée. Thelma lève la main droite, toujours pincée sur son sucre, et son geste doit ressembler au signal que s'adressent les plongeurs pour signifier que tout va bien. Leur supporter se met à trottiner, slalome entre les coureurs, échange quelques mots avec Faroy. Puis il ralentit légèrement, se glisse derrière Thelma et remonte à sa hauteur sur le flanc gauche.

— Comment tu te sens ?

— Ça va.

— Vous avez un sacré rythme. C'est impressionnant.

— Ne me dis rien, je ne veux rien savoir avant le premier semi.

— Ah oui, bien sûr, fait Justin, la mine pénétrée. Bon, j'essaierai de vous choper à nouveau au trentième. En coupant par le bois, j'y serai avant vous normalement.

Faroy intervient :

— Sois prudent, il est tard. Tu es seul ? Personne ne t'attend chez toi ?

Justin semble vexé :

— Mais non, ça va, j'ai l'habitude de sortir.

Il quitte la procession des coureurs en bifurquant sur la gauche. Thelma se surprend à faire le compte des kilomètres jusqu'à sa prochaine apparition : douze. L'équivalent d'un footing. Pas qu'elle ait hâte, mais tout ce qui permet de saucissonner le parcours est bon à prendre.

Vingt-cinquième kilomètre. Le corps tient. La tête aussi. Thelma se repasse en boucle le moment où, sous l'arche gonflable marquant le premier semi-marathon, trois ou quatre photographes accroupis devant chaque pilier géant ont mitraillé les coureurs. Faroy l'a attrapée par la taille : « Viens par là pour la photo ! » Elle ne sait pas ce qui la transporte le plus, du futur cliché d'eux côte à côte, ou de ce geste qu'il a eu, un peu brutal, pour la rapprocher de lui. Il lui reste assez de lucidité pour se rendre compte qu'elle perd en lucidité, que ses pensées bouclent, deviennent vaporeuses. Ses jambes avancent en pilotage automatique. Elle ne voit plus défiler les bornes kilométriques, ne ressent aucune douleur, pas de gêne. La poisse du deuxième sucre lui colle aux doigts. Elle les lèche par intermittence, sur de toutes petites zones de peau. Elle guette l'apparition du mal, le signal que son corps atteint ses limites : rien ne vient. Depuis un ou deux kilomètres, elle dépasse des marcheurs aux visages creusés.

— Partis trop vite, commente Faroy, l'air entendu.

Un raidillon ravage les rangs. Thelma maîtrise parfaitement les variations de dénivelé du parcours, elle dose finement son effort, cale sa respiration sur des séries de quatre foulées, et parvient au sommet sans point de côté. Lorsqu'elle se retourne, Faroy ne suit plus. Elle l'aperçoit à mi-côte. Il est penché sur le coureur au poncho de plastique qui est allongé sur le sol, en appui sur ses coudes, les épaules affaissées vers l'avant, le teint cireux. Faroy le tracte par les aisselles sur le bord de la chaussée. Thelma rebrousse chemin en prenant par les extérieurs.

— Ne te coupe pas les jambes ! proteste Faroy en la voyant arriver. Reste sur ton rythme. Tu suis les ballons, sans accélérer. Je préviens les secours et je te rejoins. File !

Il reporte son attention sur l'homme à terre. Thelma hésite un instant, puis repart à l'assaut du dernier segment de montée ; que Faroy ne s'imagine pas qu'elle cherche un prétexte pour tirer au flanc.

Est-ce l'arrêt ? Le fait de redémarrer seule, en côte ? Ses jambes se grippent, ses pieds s'alourdissent ; elle éprouve un soulagement irréel lorsqu'enfin le plat réapparaît.

Vingt-neuvième kilomètre. Faroy ne l'a pas rattrapée. À moins qu'il l'ait dépassée sans qu'elle s'en soit aperçue ? La luminosité a baissé d'un coup avec le coucher du soleil, les lampadaires espacés ne suffisent plus à distinguer le détail des dossards. Certains ajustent des lampes frontales.

Elle va pénétrer seule dans la zone de danger, affronter le Mur – cet instant où, entre le trente et le trente-cinquième kilomètre, sans sommation, le corps refuse de continuer. Thelma aimerait que Faroy se tienne à ses côtés pour l'instant de vérité. Quelque chose de l'ordre du religieux est en train de se passer, une communion dans la douleur lie les coureurs entre eux. Les allusions lourdingues à son sexe ou à son âge se muent en encouragements d'égal à égal, de compétiteur à compétiteur, des bribes de phrases lancées le souffle court ; elle fait partie d'un tout, et elle grimace quand l'un d'entre eux laisse échapper un cri, *ah putain de crampe.*

Trentième. Sans se l'avouer, elle cherche Justin sur le bas-côté. Est-ce qu'il a changé d'avis ? Est-ce que ce temps de chien a eu raison de sa motivation ? Ce n'est pas qu'elle soit déçue, mais elle ne cracherait pas sur une distraction. Est-ce qu'il a vu passer Faroy avant elle et levé le camp ensuite ? Tant pis. Elle se répète en boucle qu'elle n'a pas mal, ce qui est vrai, et c'est incroyable à quel point elle ne souffre pas, à quel point elle résiste, et elle enclenche le décompte, plus que douze kilomètres, le décrassage de dimanche dernier, rien d'insurmontable. Elle dépasse des fantômes qui avancent au ralenti, par à-coups, comme les poupées défraîchies d'un musée des automates. Faroy est-il devant ou derrière ? Est-ce qu'elle le retrouvera à l'arrivée ?

— Thelma ! Derrière toi !

Justin surgit dispos et pimpant au milieu des coureurs épuisés. Il lui désigne le dossard sur le torse :

— Un type qui a abandonné au trentième me l'a vendu. Je t'ai vue passer, mais je négociais, pas pu te faire signe. Tu veux un sherpa pour la fin ? Je peux te porter une bouteille d'eau, ou des bananes, tu me dis. Au fait, il est où, Faroy ?

Il a l'air de la croire en état de faire la conversation. Elle inspire, secoue la tête et murmure : « Ché pas. »

Donc, il ne l'a pas vu passer devant elle. À moins qu'il ne l'ait raté aussi, dans le feu de ses négociations. La présence de Justin n'atténue pas la déception d'avoir perdu Faroy. Elle le rembarrerait bien. À débarquer sans expérience, il va lui casser son rythme, et elle ne va pas entreprendre de le briefer au trente-deuxième sur l'importance de tenir les cinq minutes et quarante et un centièmes au kilomètre, ni plus ni moins, la régularité d'abord – comme si elle avait le souffle d'expliquer ça –, et maintenir les ballons verts (elle a dépassé les roses il y a un moment) à l'horizon, pas trop près, jusqu'à l'accélération finale.

Quel besoin avait Faroy de s'occuper de ce type ? Quelqu'un d'autre aurait pu s'en charger ! Elle n'a pas envie d'être charitable, elle a envie d'être avec lui. Un élancement inconnu lui électrise le bas du ventre ; peut-être le signe de l'imminence du délabrement, les prémices de l'effondrement.

— Thelma, ça va ?

L'élancement s'estompe, les jambes fonctionnent encore.

— Tu peux rester derrière moi ?

Justin obtempère.

Le bitume, la ligne bleue, les grains de sucre, les ballons.

Elle en oublie presque Justin dans son angle mort. Au point d'être surprise quand il lui rapporte un troisième sucre et un quartier d'orange au ravitaillement du trente-cinquième. Les kilomètres se suivent et ne mesurent pas tous une distance égale, la nuit est dense, c'est une course de lucioles de moins en moins virevoltantes, les lumières des frontales dansent au rythme des pas sur le goudron, lourds et réguliers, ce martèlement qui ne s'arrête plus, qui hypnotise, qui alimente la machine.

Faroy n'est toujours pas là et Thelma perd l'espoir de le retrouver. Chaque fois qu'elle pense à lui surgit le même tiraillement du ventre, diffus, mêlé aux muscles endoloris et à l'inflammation des tendons. Justin lui souffle des encouragements gentillets. Elle a atteint un état second, cotonneux, mécanique. Elle convertit des minutes au kilomètre en kilomètre-heure, se trompe, recommence, aboutit à des résultats différents à chaque tentative, songe que son père aurait honte de capacités aussi diminuées en calcul mental, pense à la moyenne du troisième trimestre de Violette, au redoublement, à ce qu'il faudra improviser pour dormir quelque part cette nuit, mais c'est trop loin, c'est ce qui se passe dans la prochaine heure qui l'intéresse, les trois derniers kilomètres, l'arrivée, la fin de cette course, elle ne parvient pas à se projeter après la ligne d'arrivée, est-ce qu'il y aura des flashs, de la musique, à boire, une médaille, quelque chose pour se couvrir, Faroy qui miraculeusement l'attendrait ?

Elle avance seule.

Justin a disparu. Depuis combien de temps ? À y réfléchir, elle l'a peut être entendu prononcer quelque chose tout à l'heure, à travers la brume qui s'épaississait entre elle et les autres, une histoire de ligne à ne pas franchir, « Je ne franchis pas la ligne, c'est abuser », voilà ce qu'il a dit, elle se souvient maintenant, sur le moment elle n'a pas relevé, ne s'est même pas retournée, il a dû partir à ce moment-là, pour ne pas apparaître sur les photos, est-ce qu'il y aura des photos ? Quel dommage, vraiment, que Faroy ne soit plus là, pour celle-ci, l'ultime, la plus belle, elle n'arrive pas à être tout à fait triste, le brouillard a une odeur de barbe à papa, ou alors c'est ce quart de sucre qu'elle tient depuis que Justin le lui a donné, mais le sucre n'a pas d'odeur, elle le saurait, elle sait tout ce qu'il y a à savoir sur le sucre.

Son voisin admoneste les spectateurs, plus nombreux sur la fin de la course, qui les aveuglent de leurs torches et hurlent des comptes à rebours approximatifs et contradictoires – plus que sept cents mètres, allez les gars, un petit kilomètre, cinq cents mètres et vous y êtes – et plus les supporters braillent et agitent les lampes, plus le coureur à côté d'elle maugrée, la ferme, on ne veut pas écouter vos conneries, et c'est incroyable ce que ce type s'énerve contre ces gens qui attendent depuis des heures sur le bord d'une route en pleine nuit, et Thelma rit, et ses dernières forces s'échappent dans le spasme, elle sent que c'est la fin, que ses jambes s'arrêtent, qu'elle va s'écrouler là, à moins d'un kilomètre de l'arrivée, c'est trop bête, mais elle ne peut plus faire un pas, le rire a capturé le peu d'énergie qui circulait encore en elle, elle n'a plus de réserve, aucune marge, elle ne peut même plus lever les pointes de pied, elle trébuche sur la première irrégularité du sol, et une main la rattrape avant qu'elle ne parte en vol plané.

— Allez, c'est pas le moment de flancher, on termine ensemble.

C'est le Ronchon.

— Je vous ai choisie comme lièvre depuis le semi, alors vous passer devant maintenant, ce ne serait pas galant.

Thelma sourit faiblement et se remet en train, lentement.

Le Ronchon reprend ses récriminations.

— Il faudrait se boucher les oreilles… La moindre des choses c'est de vérifier ce qu'on raconte, non ? « Quatre cents mètres ! », et juste après « Plus que six cents mètres ! » et alors je fais quoi Ducon, je recule ? À propos, vous avez largué votre entraîneur, vous, non ?

— Hmm ?

— Le beau gosse qui vous escortait au début, là, on voyait qu'il ne courait pas dans sa catégorie, il était trop facile.

Je l'ai repéré tout de suite. Moi, dans la vie, je suis sympa, mais le gars qui trottine confort quand je crache mes poumons, ça me tend.

Thelma opine, incapable de parler.

— Donc vous l'avez largué. Ciao l'entraîneur. Moi je dis bravo, la gazelle.

Quelque chose se joue dans l'esprit embué de Thelma qu'elle a du mal à identifier. Le Ronchon se tait et cale son allure sur la sienne.

Elle ne sait pas dire combien de temps s'écoule ensuite, ni si cela lui paraît court ou long, mais comme on s'endort à la fin d'une nuit d'insomnie et qu'on se réveille surpris d'avoir sombré, c'est tout étonnée qu'elle franchit l'arche gonflable. Le Ronchon lui tape sur l'omoplate en rigolant, hé la gazelle, faut freiner maintenant, on y est.

Thelma patine comme une voiture sur la neige, elle tangue, manque de heurter le coureur juste devant elle, ses jambes se meuvent selon d'étranges trajectoires, non rectilignes, gauche et droite indépendantes l'une de l'autre. Une fée lui offre une bouteille d'eau et une couverture de survie, un ange propose de l'aider à décrocher sa puce, elle dit qu'elle va s'en occuper, essaie, renonce, trop bas, trop acrobatique, le garçon s'y attelle en souriant, et cette gentillesse lui arrache des larmes, à moins qu'elle n'ait commencé à pleurer avant, ce n'est pas clair, elle a envie de retrouver le Ronchon pour le remercier, décidément elle perd tout le monde, on lui tend une médaille, de l'eau ruisselle sur ses joues mais il pleut aussi, et soudain une main sur son épaule, elle se retourne tant bien que mal et Faroy se tient devant elle, le visage rosé, trempé de pluie ou de sueur, radieux. Elle se jette dans ses bras et l'embrasse à pleine bouche.

Les Indestructibles

Cécilia et Billie dînent de tomates cerises et de pop-corn, les talons posés sur le marbre froid de la table basse, devant les cascades de la superfamille des *Indestructibles*. Cécilia porte une longue chemise de nuit blanche en coton et dentelle, et Billie son plus joli pyjama, un deux-pièces de soie rose poudrée. La fin du jour inonde le jardin d'une lumière splendide. Cécilia imagine une mise en scène féerique sur la balancelle dans ces tenues victoriennes. C'est l'affaire de deux minutes d'installer le trépied, le cliché promet d'être sublime – l'énergie lui manque.

Dans la famille de superhéros en justaucorps rouges, la mère et la fille rivalisent de maigreur. Ça les rend élastiques et dynamiques, épanouies et jolies. Le père, lui, accuse un certain embonpoint, les scénaristes l'ont créé attendrissant et sympathique. Cécilia se ressert du pop-corn en se disant qu'elle surinterprète la vision de la condition féminine véhiculée par les dessins animés. Elle tape *princesse Disney grosse* sur son téléphone pour voir. Le thème suscite des débats passionnés. Un blog évalue les indices de masse corporelle d'Ariel, Aurore, Blanche-Neige, Belle, Cendrillon et de leurs collègues bien rangées par ordre alphabétique. Une artiste punk crée des portraits en pied des princesses qui eurent beaucoup d'enfants, à l'aube de leurs cinquante ans. Ça donne à Cécilia envie d'un autre verre de vin. Elle rapporte une limonade à Billie. Aux premières lignes du générique,

Billie négocie un deuxième film. Il est déjà vingt-deux heures, mais Cécilia n'est pas pressée de se retrouver seule. *Shrek 3* à prendre ou à laisser, la princesse grassouillette qui pète. Sa fille se pelotonne contre elle.

Plus tard, Cécilia envoie un message à Mélanie. Elle a sympathisé avec la mère de Violette il y a une dizaine d'années, sur le stand de pêche à la ligne de la kermesse. Thierry s'est tout de suite entendu avec Nicolas, l'ex-mari de Mélanie. Aujourd'hui, Nicolas vit avec une rousse filiforme au prénom grec, et Mélanie, à minuit passé, est connectée sur WhatsApp. Cécilia l'imagine en train d'échanger des sextos avec un date Tinder pendant que les filles bavardent dans leurs lits. Éprouve-t-elle du plaisir à se relancer sur le marché de la drague, ou est-ce un effort de tous les instants? Elle-même, en serait-elle capable? Aurait-elle la force de reprendre en main toute sa vie sexuelle?

Voilà plus d'un mois qu'elle a cru défaillir sur le parking de ce sinistre motel. Plus d'un mois qu'elle s'ingénie à se comporter de la manière la plus naturelle possible, à masquer chaque jour son désarroi, à ne surtout pas provoquer de crise irrattrapable. En l'absence de confrontation, rien de définitif n'adviendra.

La santé de Thelma prend le pas sur le reste, au point de rendre les autres problèmes hors sujet. Tout semble soluble par rapport à l'anorexie. Thierry ne la laissera pas tomber tant que Thelma n'est pas sortie d'affaire. C'est ce que se dit Cécilia, ce qu'elle se répète, sans rien en savoir au fond. Il ne peut pas lui faire ça. Elle ne sait plus ce qu'il est capable de lui faire.

Mélanie répond tout de suite. Elle sort d'un rendez-vous avec un type calamiteux, une glu. Cécilia compatit. Au fait, les filles sont bien chez elle?

— Les filles ?

— Thelma et Violette.

— Ah non, Violette est chez son père. Il la garde pour l'anniversaire de sa meuf. Ne me lance pas.

Cécilia insiste quand même :

— Thelma est là-bas, alors ?

— Ça m'étonnerait ! Depuis la dernière fois, il flippe, l'andouille… Non, il m'aurait prévenue.

— O.K. Je te laisse, je ne sais pas où elle est.

— C'est une ado… Ne t'inquiète pas trop… Elle a le droit aux conneries.

Cécilia essaie de se raisonner. Sa fille de quinze ans raconte qu'elle dort chez une amie et découche. Elle a peut-être été invitée à une soirée. Ou passe la nuit avec un amoureux comme Cécilia au même âge. N'est-ce pas une bonne nouvelle ?

Cinq fois de suite, *vous êtes bien sur le répondeur de Thelma, laissez un message.* En désespoir de cause, Cécilia tente de joindre Thierry à son tournoi de bridge. Il ne décroche pas davantage.

Les trois verres de vin floutent son appréciation de la situation, elle n'arrive pas à savoir si elle doit paniquer. Solliciter Mélanie pour venir garder Billie ? Débarquer au commissariat pour signaler l'absence de Thelma ? Elle ignore d'où lui vient la notion que les appels téléphoniques ne sont pas pris au sérieux, que si elle se déplace, on sera obligé de l'écouter. La mesure semble prématurée. Attendre sur le canapé ou aller se coucher ? Mais s'il est arrivé quelque chose ? De longues minutes s'écoulent sans que ni Thelma ni Thierry ne rappellent. Cécilia n'aboutit à aucune décision.

Elle se lave les dents, s'assied en tailleur sur son lit, l'oreiller calé contre le mur, le dos droit, ouvre un livre qu'elle ne lit pas. Une intuition morbide l'envahit. D'un bond, elle se précipite dans le vestibule, à l'endroit où Thelma range ses baskets. Deux paires bien alignées sur l'étagère du bas. À côté, une place vide. Il manque les Asics Nimbus avec la semelle verte, les plus récentes. Cécilia sent une onde glacée la parcourir. Thelma est partie faire du sport et n'est pas revenue.

Elle enfile des ballerines et une veste en jean sur sa chemise de nuit, récupère ses clés de voiture et va réveiller Billie.

— Debout bichette, mets ce pull.

— Qu'est-ce qui se passe ?

— Ce n'est rien, on va chercher Thelma.

— Pour l'emmener à l'hôpital ?

— Qu'est-ce que tu racontes ? Viens là, allonge-toi à l'arrière.

L'arrivée

Faroy ne résiste pas tout de suite. Il y a un instant de grâce, quelques secondes de flottement où il est pris de court, où il hésite, où tout semble possible – et c'est seulement quand Thelma force sa langue contre ses incisives qu'il l'écarte, sans cri, sans drame. Immédiatement après, il lui entoure les épaules, comme on enlace sur le champ de bataille un ami éclopé, ça sent l'émotion virile, la camaraderie, la transpiration, et Thelma tombe dans un gouffre sans fond, tout en volant encore très haut, ses pieds se dérobent, mais elle continue sur sa lancée, elle dépasse le bord de la falaise, comme le coyote de Tex Avery qui regarde vers le bas juste à temps pour la chute.

Faroy ne veut pas d'elle.

Au lieu de la planter là, avec sa honte euphorique et son vertige coupable, il l'encense :

— Tu es marathonienne, Thelma ! Ma-ra-tho-nienne ! Est-ce que tu te rends compte de ce que ça signifie ? Ne t'arrête pas, on va marcher un peu pour faire circuler l'acide lactique, viens par ici.

Plus tard, il déplie deux couvertures de survie, étale la première sur la pelouse humide et aide Thelma à s'installer dessus, en lui étendant les jambes comme si de rien n'était, comme s'il pouvait la manipuler en toute innocence.

Peut-être que ce genre d'incident est banal pour lui, un non-événement ?

Enroulée dans son enveloppe métallisée, Thelma essaie de démêler les émotions qui la submergent. Le flot d'endorphines sécrété par son corps forme une carapace entre elle et la honte ; une coque chimique qui amortit la déception, mais chaque minute la rapproche d'une prise de conscience en bonne et due forme du niveau atomique de la catastrophe qu'elle a déclenchée. L'obscurité la sauve ; de jour, elle n'aurait pas survécu à pareille mortification.

Parler à Violette. Pas pour savoir où dormir ; elle se contrefiche de la logistique. Elle veut bien finir la nuit ici, à côté de la tente d'infirmerie et des bénévoles qui remballent les tables à tréteaux. Il ne pleuvra plus, un peu de rosée peut-être, elle n'est plus à ça près.

Quand Faroy propose de la raccompagner chez elle, elle parvient à décliner avec l'air serein de la fille qui a un plan.

— Je dors chez ma pote Violette.

— Violette Pichon ? Elle était sur le parcours ? Je ne l'ai pas vue. Elle vient te chercher ?

À point nommé apparaît, à une trentaine de mètres, la silhouette massive de Justin.

— En fait, c'est Justin qui me ramène en scooter.

— Justin te ramène chez Violette ?

— On a prévu ça comme ça.

Faroy n'insiste pas. Thelma croise les doigts pour qu'il ne demande pas confirmation à Justin, mais ce n'est pas le genre. En rentrant, il va trouver dans sa salle de bains les vêtements de rechange de Thelma et son portable… Pourvu qu'il ne fasse aucun lien avec ce qui vient de ne pas se produire.

Faroy retrace, au bénéfice de Justin, les moments forts de l'épreuve.

— … le type était cuit parce qu'il avait commencé trop vite, comme beaucoup. Je suis resté le temps que les secouristes l'embarquent. De toute façon, je n'étais pas parti pour un record… Thelma, tu ne m'en veux pas, au moins ?

— Non, non.

— Je pensais te rattraper après, je ne sais pas comment j'ai fait mon compte, on a dû se rater de peu. Je comparerai nos temps de passage sur les dix derniers kilomètres pour repérer le moment où je t'ai dépassée. Enfin, l'important, c'est que tu te sois débrouillée comme une chef jusqu'à la fin.

Débrouillée comme une chef. Mais il lui donne quel âge, en fait ? Six ans et demi ? Il manque juste la petite tape sur la tête. Elle se mord les lèvres de dépit, incapable de prendre part à la conversation qui se poursuit entre Faroy et Justin.

Peu de temps après, Faroy prend congé, non sans l'avoir mise en garde contre le risque d'hypothermie.

— T'es sûre que t'as pas froid ? s'assure Justin, quinze secondes après le départ du prof.

— Ça va, avec la couverture de survie.

Il hoche la tête et se frotte le nez.

— Tu dois être au bout de ta vie, là, non ?

Elle hésite une fraction de seconde.

— Je peux dormir chez toi, ce soir ?

C'est la deuxième fois en moins d'une heure que Thelma sort de son corps. Est-ce l'amertume qui lui procure cette audace, ou juste un réflexe néandertalien, la nécessité de trouver une caverne pour la nuit ? Justin n'a pas l'air perturbé par des questions anthropologiques. Aucun problème. Sa mère est là mais elle est cool, on lui expliquera demain matin. Son scoot est garé derrière l'Intermarché. On n'a qu'à y aller tout de suite.

Thelma tente, trop vite, de se relever. Ses pieds s'emmêlent dans la couverture de survie et elle retombe dans l'herbe, une biche foudroyée. À son deuxième essai, Justin lui tend une main secourable et elle se redresse lentement en s'agrippant à lui. Elle grince comme une vieille porte, ses jambes ont la consistance du bois.

Le Nid

Alors qu'elle entre l'adresse du *Nid des Voyageurs* dans le GPS, les doigts de Cécilia tremblent. Elle aurait dû prendre le temps d'appeler Mélanie pour lui confier Billie, elle ne sait pas ce qu'elle va trouver là-bas, à quel spectacle traumatisant elle risque d'exposer sa cadette. Un instant, elle est tentée de faire demi-tour, mais ce n'est plus le moment d'atermoyer. Billie, évidemment, ne dort plus. Elle est assise sur le réhausseur, ceinture attachée. Ses grands yeux fixent sa mère dans le rétroviseur.

Le parking du *Nid* éclairé par trois lampadaires n'est qu'à demi-plein.

— Reste sage dans la voiture, bichette, d'accord ? Je n'en ai pas pour longtemps.

Cécilia presse le bouton « Ouverture de nuit ». Une réceptionniste ensommeillée vient déverrouiller la porte.

— Bonsoir. Vous aviez une réservation ?

— Mon mari est ici.

— Il vous attend ?

— Sa batterie est morte, il a perdu son chargeur, il ne me répond pas. Vous pouvez l'appeler sur le fixe de la chambre ? Thierry Gardel.

— Vous êtes sûre qu'il est là ? Je ne suis pas en mesure de donner le nom des clients, malheureusement.

— C'est mon mari.

— J'entends bien.

— Notre fille a disparu. Elle a quinze ans, pèse quarante et un kilos, et peut être victime d'un arrêt cardiaque n'importe quand. J'ai besoin de l'aide de son père pour la retrouver.

— Malheureusement, je ne suis pas autorisée à...

Cécilia comprend, oui, elle comprend parfaitement. D'éventuels enquêteurs pourraient en revanche se montrer moins compréhensifs devant le blocage délibéré des secours dans une affaire impliquant une mineure en danger.

La femme jette un œil à son ordinateur, mais *navrée*, aucune réservation au nom de Gardel. Sur son téléphone, Cécilia trouve une photo récente de son mari.

— Donnez-moi juste le numéro de chambre, il n'y aura aucun scandale.

Thierry occupe la chambre 202.

Chez Justin

Ils déposent le scooter dans le garage. Justin guide Thelma dans l'escalier, toque à une porte fermée, deux coups rapprochés, une pause, trois autres coups, auxquels succède un râle féminin ensommeillé.

— C'est la chambre de ma mère, chuchote Justin, elle veut que je frappe pour lui dire que je suis rentrée.

Thelma s'assied sur le fauteuil qui fait face au bureau de Justin. L'effort requis par le changement de position la mobilise tout entière, et lui épargne d'avoir à se chercher une contenance. Ils ont établi pendant le trajet en scooter qu'elle prendrait une douche et qu'il lui prêterait un pyjama. Demain matin, elle remettra ses fringues de sport pour rentrer chez elle.

— On va squatter la chambre de mon frère, il dort chez un copain. Il y a un lit superposé.

— Ah oui, super.

Justin hoche la tête.

— Tu as un T-shirt pour moi, du coup ? demande Thelma, après quelques secondes de silence.

De son armoire, il sort deux T-shirts, l'un avec un gros caractère chinois, l'autre rayé vert et bleu, et les présente à Thelma qui choisit le premier.

— Heu… tu veux aussi un caleçon ?

Il pose la question du bout des lèvres, comme pour conserver une distance de sécurité avec la proposition. Thelma accepte, polie à l'excès, ah oui, tiens, écoute, bonne idée, merci beaucoup. Il ouvre un tiroir et lui tend un boxer noir avec des étoiles blanches sur l'élastique. Son visage a viré au cramoisi, Thelma n'en mène pas beaucoup plus large.

La chaleur de la douche détend ses muscles. Elle aimerait rester des heures sous le jet d'eau brûlant mais redoute de réveiller la mère de Justin. Elle se sèche. Le T-shirt lui descend à mi-cuisses, le boxer lui touche à peine les hanches. Elle rentre le T-shirt dans l'élastique pour qu'il ne glisse pas, essuie la buée au centre du miroir, examine sa dégaine improbable. Elle applique un peu de dentifrice sur le bout de son index et se frictionne les dents. Deux sucres et demi, presque trois.

Justin l'attend dans la chambre au papier peint bleu ciel, ton sur ton dans son pyjama à carreaux. Il a l'air de se donner du mal pour ne pas la regarder en face.

Dieu merci, il lui attribue la couchette inférieure, elle n'est pas en état de gravir une échelle. Elle se glisse sous une couette Star Wars, certaine de s'endormir à la seconde où sa tête effleurera l'oreiller.

On a frappé

— On a frappé.

Albane entend la phrase dans une drôle de stéréo, son oreille droite est collée à la poitrine de Thierry, la voix lui parvient de dehors et de dedans en même temps. Elle s'était légèrement assoupie. Il lui soulève la nuque, la translate doucement sur un coussin et se redresse dans le lit.

— Tu pars ? demande-t-elle.

— Je ne vais pas tarder… mais là, on a frappé.

Elle relève enfin l'étrangeté de son intonation, et roule sur le côté pour consulter le réveil à aiguilles sur la table de chevet. Une heure du matin. Elle se laisse retomber sur le matelas.

— Mais non.

Il attrape son téléphone, jette un œil à l'écran et se passe les doigts sur la tempe. Une nouvelle série de coups retentit, impérieuse ; une sommation. Albane se rhabille à la hâte. Tout en boutonnant sa chemise, Thierry approche de la porte d'entrée que le visiteur, si l'on se fie au bruit sourd et mat, attaque maintenant du plat de la main.

— Ouvre-moi.

Albane ne distingue pas l'expression de Thierry qui lui tourne le dos. Ils n'ont jamais envisagé cette éventualité. Elle s'enferme dans la salle de bains, inspire un grand coup. Elle aurait dû rompre il y a plusieurs semaines. Leur relation ne repose plus que sur une étrange conception de la gentillesse. Couplée à son narcissisme. Et à son manque de courage.

Thierry ouvre. Albane voudrait se boucher les oreilles pour ne pas écouter sa défense navrante, forcément navrante. Il n'y a pas de cris. La femme de Thierry ne se comporte pas comme une furie, et le débarquement civilisé humilie davantage Albane qu'une grande scène de ménage.

Elle croit entendre « Thelma ».

Toujours Thelma ! L'obsession Thelma ; l'unique sujet.

D'autres coups, hésitants, malaisés, contre la porte de la salle de bains.

Elle se jauge dans le miroir, avec son maquillage qui a coulé, ses cheveux en pétard, cet air de faon traqué. Ses doigts mouillés s'y reprennent à deux fois sur le verrou, la porte résiste, le métal sue.

— Thelma a disparu, l'informe Thierry quand elle parvient finalement à ouvrir. On va la chercher.

Derrière Thierry se tient le fantôme d'une lady de château écossais, une veste en jean sur une longue robe de coton blanc qui lui descend jusqu'aux pieds ; sous le suaire, des Repetto beiges en cuir verni. Entre les deux sourcils, une ride creuse un fossé. Le spectre parle :

— On ignore où, quand, et dans quel état on retrouvera Thelma. Billie ne peut pas passer la nuit à courser sa sœur. Vous êtes là. J'imagine que vous avez déjà gardé des enfants.

Sur ce, le fantôme tourne les talons. Albane effectue des efforts conscients pour respirer. Le plus fou n'est pas qu'une idée aussi ahurissante vienne à sa femme – qui peut être folle à lier, pour ce qu'Albane en sait. Non : le plus fou est que Thierry ne se désolidarise pas de la suggestion. Au lieu de s'opposer à ce délire, il effleure vaguement l'épaule d'Albane, bafouille trois ou quatre mercis et s'enfuit sans la regarder.

Quelques minutes plus tard, une gamine grimpe sur le lit et allume la télé.

Albane écarte le rideau de la fenêtre qui surplombe le parking. Le couple Gardel est mal éclairé par la lueur des réverbères.

Partiront-ils ensemble, ou séparément ? Elle ne sait pas pourquoi, c'est important.

Cécilia s'assied au volant, Thierry prend place à côté. Albane se demande ce qui se dit dans l'habitacle. Quand ils reculent enfin, elle rabat le rideau.

Billie Gardel, dans son pyjama pastel de catalogue, a l'air modérément traumatisée d'être confiée en pleine nuit à une inconnue. Que comprend-elle de la situation ? Pour le moment, la télévision fait diversion. La petite zappe frénétiquement, des *Mystères de l'amour* à *Chasse et Pêche*, en passant par *Téléshopping* et une émission de tuning, tout l'intéresse et elles parcourent les cent canaux disponibles dans l'ordre croissant puis décroissant plusieurs fois de suite.

Albane ouvre le minibar.

— Tu veux des cacahuètes ?

— Oh oui, j'adore. On n'en mange jamais chez moi !

— Ah bon ? Tu n'es pas allergique au moins ?

La mioche expulse l'air de ses joues.

— Je sais pas.

— Tu le saurais, si tu étais allergique, dit Albane pour se convaincre elle-même.

La probabilité que la gamine déclenche un œdème de Quincke précisément ce soir doit être faible, ce serait de l'acharnement divin.

Une bière. Le décapsuleur.

Expurger de toutes ses messageries le contact de Thierry Gardel, bloquer son numéro, oublier son nom.

Demain. Tant que sa fille est sous sa responsabilité, bien obligée de temporiser. Et le fil à la patte de tendre aimablement le sachet de cacahuètes :

— Tu veux goûter ?

— Il est tard, si on dormait ?

— Je ne suis pas fatiguée. Ils reviennent quand, mes parents ?

— Bon. Regarde ce que tu veux. On éteint après ma douche.

Le pavillon

Elle court plus souvent dans les bois ou sur les quais ? Il faudrait emprunter tous ses itinéraires, idéalement à rebours, je conduis et tu guettes. Ou l'inverse. Tu portes tes lentilles, là ? Si on ne la récupère pas au premier passage, c'est les flics. Ou les pompiers ? Si ça se trouve elle est blessée, elle se refroidit, il fait combien dehors ? Et il a plu, elle est peut-être trempée. Heureusement que j'ai pensé aux baskets. On ne se serait douté de rien jusqu'à demain, et là…

Thierry profite de ce que Cécilia reprend sa respiration pour interrompre sa logorrhée :

— Je peux la géolocaliser.

L'effet est radical.

— Qu'est-ce que tu dis ?

Elle a posé la question très lentement. Thierry déglutit. Explique qu'il a installé, sur le téléphone de leur fille, une version « édulcorée » du fameux logiciel espion. Celui dont Cécilia lui avait parlé, à la marque près.

— Sans me le dire.

— … sans te le dire.

— …

— On retrouve d'abord Thelma.

La nécessité d'agir permet à Thierry de conserver un semblant d'aplomb. Il déclenche la demande de géolocalisation. L'application expédie une requête par message.

— Elle ne répond pas à son portable, tu crois vraiment

qu'elle va cliquer pour autoriser la géolocalisation ? s'énerve Cécilia.

— Il y a une fonctionnalité pour forcer la géolocalisation au bout de dix minutes, je l'ai prévalidée sur son téléphone.

Ils attendent, muets, côte à côte dans la voiture. Au bout de plusieurs minutes, Thierry bafouille qu'il est désolé. Il aurait voulu retenir ses excuses pour plus tard, un moment plus propice, mais le silence est insoutenable. Cécilia regarde droit devant elle, par-delà le pare-brise, parfaitement immobile, les yeux secs. Elle refuse de discuter maintenant et, bien sûr, elle a raison.

Enfin, un bip indique la réception des coordonnées GPS. Thelma se trouve à l'autre bout de la vallée, dans une zone résidentielle.

Le point GPS les mène à deux pavillons mitoyens dotés de jardinets sur rue. Toutes fenêtres éteintes. Thierry descend de voiture et inspecte la plaque de la première boîte aux lettres – *Sauminot,* inconnu au bataillon. À la deuxième, son cœur effectue une pulsation supplémentaire. Sur l'étiquette provisoire recouverte de ruban adhésif transparent, il reconnaît le nom du prof de sport du lycée. *Guillaume Faroy.*

Leur fille de quinze ans passe la nuit chez un type de trente avec autorité sur elle. Cécilia a déconné à pleins tubes, c'est entièrement sa faute. Laisser carte blanche à ce mec sous prétexte de remonter le moral de Thelma ! Sa femme mériterait d'entendre le fond de sa pensée. Le contexte ne s'y prête guère.

Cécilia a l'air indécise.

— Qu'est-ce qu'on fait ?

— Tu vas voir ce qu'on fait.

Il enjambe la barrière, s'élance dans le jardin et enfonce la sonnette. L'absence de réponse le fait disjoncter. Il garde l'index collé au bouton et frappe de la main gauche. Cécilia lui parle, mais il fait trop de bruit pour l'entendre clairement. Quelque chose sur le fait que Thelma est peut-être venue de son plein gré, comme si c'était le sujet.

Une tête éberluée apparaît. Faroy a l'air de remettre rapidement les parents de Thelma.

— Je veux voir ma fille !

— Heu… Bonsoir monsieur Gardel. Madame Gardel. Thelma dort chez son amie Violette. Violette Pichon.

Pour la première fois de sa vie, Thierry envisage la violence physique comme une option possible. *Possible* mais non souhaitable : son esprit cartésien et la carrure de Faroy le dissuadent de passer à l'acte.

— Ne nous racontez pas d'histoires. Son téléphone est ici.

— Mais oui, absolument! J'ai trouvé ses affaires tout à l'heure. Elle les a oubliées chez moi avant le marathon. Tenez, elles sont juste là, je les avais laissées près de la porte au cas où elle revienne les chercher.

Faroy se penche sur le côté et saisit le sac de sport de Thelma. Cécilia le lui arrache des mains et fait coulisser la fermeture éclair.

— Ses vêtements d'aujourd'hui, son téléphone, sa trousse de toilette, énumère-t-elle, la voix blanche.

— Qu'est-ce que ça fiche chez vous ? éructe Thierry.

— Comme je vous l'ai dit, c'était juste avant de prendre le départ, elle a dû oublier, c'est classique, on est stressé…

— Vous êtes en train de nous dire qu'elle a couru un marathon aujourd'hui ? Vous étiez avec elle ? Elle l'a fini ? Dans quel état ? s'inquiète Cécilia.

— Elle a fini, oui ! Elle a même réalisé un temps très honorable, quatre heures et des poussières ! Pour une débutante, elle a parfaitement géré son effort. Honnêtement, elle m'a impressionné.

Thierry n'en croit pas ses oreilles. Sa fille malade court quarante bornes en pleine nuit avant de s'évaporer, ses affaires resurgissent chez un homme de quinze ans de plus qu'elle, et on discute performance sportive ?

Il bouscule Faroy et déboule au milieu de son salon. Vide. Il traverse la pièce d'un pas déterminé, ouvre la porte des toilettes et celle d'une espèce de garde-manger. Il repasse ensuite devant l'entrée pour accéder au couloir et au reste de la maison. Faroy s'avance dans sa direction, et Thierry se prépare mentalement à lui décocher le coup de poing qu'il garde en réserve depuis quarante-sept ans, ce qui ne sera finalement pas nécessaire puisque Faroy s'aplatit contre le mur et actionne un interrupteur pour lui éclairer la voie. Thierry achève sa perquisition entre la penderie de la chambre et la salle de bains. Le pavillon, peu meublé, ne recèle aucun coin caché.

— Vous êtes rassuré ? demande calmement le prof de gym quand Thierry revient bredouille.

— Si elle n'est pas ici, où est-elle ?

Faroy persiste dans sa version, l'air embêté : elle avait vraiment prévu de dormir chez son amie, c'est un autre camarade de classe, Justin Bonnefond, qui l'a raccompagnée. Il n'a pas cherché à creuser.

Cécilia intervient en regardant Thierry.

— Elle n'est pas chez Mélanie, mais on peut vérifier qu'elle n'a pas débarqué chez Nicolas. Violette vit là-bas en ce moment.

Thierry se rappelle à peu près comment se rendre à la nouvelle adresse de Nico.

— Écoutez, je me sens responsable, laissez-moi vous accompagner.

— Vous allez rester bien tranquille ici ! rugit Thierry. C'est avant qu'il aurait fallu s'inquiéter, vous ne croyez pas ? Une mineure anorexique, un marathon, bordel ! C'est ce que vous avez trouvé de mieux ?

S'il constate sur le corps de sa fille une seule égratignure, il exige la mise à pied du fou furieux.

Insomnie

Malgré l'épuisement musculaire, la douleur dans les tendons, l'extrême lassitude de ses jambes, Thelma ne dort pas. Elle compte les lattes qui soutiennent au-dessus d'elle le matelas de Justin, revit sa course, les instants de doute, l'abandon de Faroy, l'apparition miraculeuse de Justin au trente et unième kilomètre, le sauvetage du Ronchon – ce type lui a dit quelque chose dans le feu de l'action qu'elle aimerait se rappeler maintenant, mais la formule lui échappe, son cerveau est ralenti – et puis la résurrection, la surprise sous l'arche gonflable, et la joie, la joie qui déborde, qui envahit chaque recoin de son corps, de sa tête, qui forme un nuage cotonneux sous ses pieds. Elle arrête de rembobiner juste avant son coup d'éclat avec Faroy. Encore trop frais.

Vous avez largué l'entraîneur ?

Voilà ce qu'avait dit le Ronchon.

La phrase a cheminé en sourdine, sans qu'elle lui accorde l'attention qu'elle méritait. Du monde, elle en a perdu, ce soir. D'abord Violette, ensuite Faroy, et peut-être bien, à un moment qu'elle situe mal, l'Entraîneur lui-même.

Absurde : elle *est* l'Entraîneur. Perd-on une partie de soi ?

Force est de constater qu'il ne s'est pas manifesté de la course. Elle n'a ressenti aucun état d'âme à suçoter ses sucres et son quartier d'orange. Sans doute que trois fois huit grammes de glucides, l'équivalent calorique d'une pomme comme unique carburant sur quarante-deux kilomètres ne représente qu'un risque modéré en termes de prise de poids, mais tel qu'elle le connaît, il n'aurait pas résisté à critiquer : pourquoi trois ? Est-ce que deux n'auraient pas suffi ? Est-ce qu'elle n'aurait pas pu téter moins goulûment ? Et le morceau d'orange, nécessaire ? Sans parler de la compote à l'arrivée ! Car tout cela venait s'ajouter à la *préparation sans résidus,* cette infâme mixture à laquelle elle a eu la faiblesse de toucher.

Ou alors il se serait montré circonspect sur la performance : quatre heures et une minute, dommage, passer sous les quatre heures aurait eu une autre allure, elle avait manqué de pugnacité.

Tout ça, normalement, il aurait dû le lui souffler, elle aurait dû le penser.

Mais il n'a condamné ni l'opulence des ravitaillements de Thelma, ni les quatre heures zéro une, ni son comportement d'exaltée à l'arrivée. Cet élan vers Faroy ? Une telle perte de contrôle, une prise de risque aussi vertigineuse ? Sans parler de l'incruste chez Justin ! Aux commandes, l'Entraîneur n'aurait rien toléré de cela.

Elle caresse du doigt les lattes. Justin se retourne, le lit tremble. Il faut qu'elle dorme.

— Je vous ai vus, tu sais, dit Justin.

Le bras de Thelma retombe.

— Pourquoi t'as fait ça ?

— Tu dors pas ?

— Tu crois que je vais réussir à dormir comme un con, là… au-dessus de toi… ? Laisse tomber, en fait, soit tu fais exprès, soit tu ne comprends pas.

Est-ce qu'il regrette d'avoir accepté de l'héberger ?

— Désolée.

— Vous sortez ensemble alors ?

— T'as vu ce qui s'est passé, oui ou non ? Si tu avais vu, tu ne me poserais pas la question.

Justin soupire.

— Il est trop con.

Le silence revient et Thelma se demande si la conversation va se terminer là-dessus. Au bout d'une bonne minute, Justin l'interroge :

— T'es triste ?

— Je sais pas.

C'est vrai : elle est encore anesthésiée par les hormones. Pour ne pas donner l'impression de fuir la discussion, elle développe un peu :

— Au début, ça n'était pas important, c'était plus une idée que j'avais eue comme ça. Enfin pas *comme ça*, mais pour des raisons qui n'avaient rien à voir avec lui. Un trip un peu égocentrique. Et puis, c'est devenu de plus en plus nécessaire de passer du temps avec lui, et le marathon, c'était comme un couronnement. Dans ma tête, en tout cas.

Sa voix s'étrangle. Même avec Violette, elle conserve davan-tage de pudeur. Est-ce que ce sont ces heures bizarres, coincées entre un jour et le suivant, où la fatigue sape les barrières habituelles, qui autorisent à se disséquer comme ça ? Ou leur drôle de position à tous les deux, parallèles, l'un au-dessus de l'autre ?

Je voulais coucher avec lui pour prouver un truc.

— Ah ouais, carrément ! Prouver quoi ?

— Que j'allais bien.

— C'est bizarre comme idée.

— Je suis bizarre.

— C'est toi qui le dis.

— Tu ne me trouves pas bizarre ?
— Tout le monde est bizarre.
— Tu me trouves maigre ?
— Tu as envie d'entendre quoi ?
— Bonne réponse.
— Demain, je te montrerai un truc, sur mon téléphone.
— Quoi ?
— Des pubs.
— Des pubs ?
— Je me suis inscrit sur des forums qui parlent des troubles liés à la bouffe… enfin tu vois.
— Ah bon ? Mais pourquoi ?
— … Et depuis, je suis mitraillé de pubs pour des coupe-faim ou des régimes chelous. Sur tous les réseaux, tous les sites. Ça me rend dingue, tu ne peux pas savoir. J'ai commencé à écrire là-dessus pour l'*Observateur de la Vallée.* C'est du harcèlement de gens vulnérables. Je ne parle pas pour toi, pour les gens vulnérables, je veux dire en général. Je trouve ça dégueulasse.
— Tu faisais des recherches pour ton article ?
— L'idée du papier m'est venue après. À cause de ce scandale. Au début… s'il te plaît, ne te fiche pas de moi, O.K. ? Au début, je voulais juste me renseigner, pour éviter de dire n'importe quoi si on avait une conversation ensemble. Mais on n'a jamais vraiment eu l'occasion de se parler avant ce soir.

L'a-t-elle croisé sur les réseaux, sans le savoir ? Est-ce qu'il l'a reconnue ? Il ne manquerait plus qu'il lui demande des nouvelles de l'Entraîneur !

— Tu te faisais passer pour quelqu'un de malade, sur les forums ?

— Non, non, je disais que je n'étais pas concerné par le problème. Je posais des questions. Je n'étais pas le seul, d'ailleurs.

Effectivement, certains membres justifient leur présence par la volonté d'épauler quelqu'un. Tant qu'ils ne cherchent pas à ramener trop de logique et de modération dans les échanges, la communauté les tolère. En général, ce sont des parents d'une fille malade, un frère ou une sœur, parfois un ami très proche. Mais proches, Justin et Thelma ne l'ont jamais été !

La première réaction de Thelma est l'agacement : on l'aborde, une fois encore, par le prisme de la maladie. Sans doute est-ce l'unique aspect saillant de sa personnalité, sa seule aspérité.

Faroy, au moins, voit au-delà. Il ne lui parle jamais d'anorexie. Bon, ce n'est pas tout à fait vrai : il y a bien eu cette première discussion désastreuse à la brasserie. Elle lui a pardonné sa maladresse. L'anorexie est la face qu'elle présente au monde, la couche extérieure, la première étape. On doit la traverser pour accéder au reste de Thelma, à son noyau.

— Tu m'étudiais, quoi.

Thelma est troublée. Elle pensait être la seule à préparer ses conversations, elle découvre que d'autres usent du même procédé.

— Mais non…

Tu vas faire psychiatrie, avec tout ce que t'as appris ?

Un remue-ménage se déclenche au-dessus de la tête de Thelma, les barreaux de l'échelle craquent, et bientôt la silhouette épaisse de Justin se penche sur elle.

Est-ce qu'ils vont coucher ensemble maintenant ? Ils se distinguent à peine, ça facilitera les choses. Ça se passe comme ça, dans les comédies romantiques : l'un des protagonistes exaspère l'autre, et tout à coup ils arrêtent de s'insulter pour s'arracher sauvagement leurs vêtements (dans le cas présent, il n'y a pas grand-chose à arracher, et peut-être que ça ferait bizarre à Justin de lui arracher l'un de ses caleçons). Ça aura le mérite d'être fait. Elle verra bien si quelque chose change en elle.

Thelma reste étendue sous la couette, le corps tendu comme une arbalète. Justin ne tente rien, et Thelma se demande comment envoyer un signal de « consentement non équivoque ». Elle plie les genoux pour prendre appui sur le matelas et se redresser, temporise en sentant la crampe approcher, opte pour la flexion plus modeste d'une seule jambe, parvient tant bien que mal à pivoter avec la grâce d'un réfrigérateur.

— La vache, t'as l'air d'en chier, constate Justin en s'asseyant sur le lit.

Thelma a soudain envie de pleurer. À cause de l'enquête de Justin, du camouflet avec Faroy, de la perspicacité du Ronchon, du redoublement de Violette, de l'absence de ses parents sur la ligne d'arrivée, à cause de tous les mensonges accumulés, et peut-être un peu à cause de la fatigue.

Elle préférait dormir que faire l'amour. Justin n'a rien proposé et ce n'est peut-être pas si grave.

— Il faut que je boive encore de l'eau, sinon j'aurai des courbatures horribles demain.

— J'y vais, bouge pas.

— Ça risque pas.

Soit Justin ne revient jamais de la cuisine, soit elle s'endort avant.

Muselée

Au milieu de la nuit, des pas précipités dans le couloir, des bruits de porte et de discussion étouffée. Violette ouvre grand les yeux : le dernier réveil de cet acabit remonte à l'AVC de sa tante. Elle se poste sur la plus haute marche de l'escalier et entoure ses genoux de ses bras. Les silhouettes de son père et d'Antonia, côte à côte dans le vestibule, dissimulent les visiteurs. Antonia se retourne, aperçoit Violette, lui fait signe d'approcher. Sur le seuil se tiennent Thierry et Cécilia Gardel.

— Thelma n'est pas ici, n'est-ce pas? demande Nicolas Pichon à sa fille.

— C'est quoi cette question? Tu le sais, qu'elle n'est pas ici.

— On a parfois des surprises, rétorque Nicolas.

Violette hausse les sourcils. Il est sérieux, avec ses allusions à la con? Il ne va pas exhumer encore une fois l'épisode de la piscine? Ce n'est pas possible de rester traumatisé à ce point-là. Est-ce qu'il croit que Thelma a le pouvoir de se téléporter chez lui juste pour le faire chier? Devant Thierry et Cécilia, il n'osera pas la critiquer, mais Violette sait qu'il n'en pense pas moins.

— Violette, demande Thierry Gardel en la regardant dans les yeux, tu étais au courant qu'elle devait courir un marathon ce soir?

— Je croyais que vous deviez aller au ciné? s'étrangle son père.

Violette se réjouit de sa déception (il n'avait qu'à ne pas se barrer s'il voulait une petite fille modèle) et elle acquiesce :

— Oui, je devais venir l'encourager et elle était censée dormir à la maison, mais il y a eu un changement de plan.

— Et elle dort où, alors ? presse Cécilia.

— Ah ça, je ne sais pas. Elle n'a pas répondu à mes messages, je n'ai plus de nouvelles depuis une heure ou deux avant le marathon.

— Elle a laissé son téléphone chez votre prof d'EPS, reprend Cécilia, la voix tendue. On en vient. Il dit qu'elle a fini la course sans se blesser, mais qu'elle n'est pas passée chercher ses affaires.

Violette n'est pas surprise que Thelma ait terminé le marathon. Elle aurait rampé agonisante jusqu'à la ligne d'arrivée plutôt que d'abandonner. Ce que Thelma entreprend, Thelma le réussit. Ça rendrait n'importe qui prétentieux, sauf elle, qui ne tire aucune fierté de l'enchaînement des succès. C'est presque pire, cette modestie pathologique : quand le normal de Thelma semble insurmontable, que ce soit en termes d'exos de maths ou de compétition sportive, on prend en pleine figure sa propre médiocrité.

— On n'a aucune idée d'où elle est, dit Thierry Gardel avec de l'urgence dans la voix.

Thelma n'a donc pas passé la nuit chez Faroy, malgré la ruse du téléphone oublié que personne n'a l'air de capter. Elle a dû se dégonfler au dernier moment. La sexualité constitue l'unique domaine où Violette peut encore revendiquer l'avantage.

— Un garçon de votre classe s'est proposé pour la raccompagner chez toi, continue Thierry. Enfin, chez Mélanie.

— Qui ça ?

— Justin quelque chose.

— Justin ? Oui, logique, il a un scoot.

Oups. Les parents de Thelma lui interdisent de monter sur un deux-roues et Violette a toujours constaté, sur ce plan-là, la rigoureuse obéissance de sa copine. Elle lit immédiatement la panique dans les yeux de Thierry et Cécilia. Elle n'a pas voulu dire ça comme ça, mais maintenant, plus moyen de retirer sa phrase. En même temps, qu'est-ce qu'ils croient ? Après minuit, plus un bus ne circule dans la vallée ; ils le savent, qu'ils ont choisi d'habiter un trou paumé.

— On a tous les numéros de la classe, je vais appeler Justin.

Elle remonte chercher son téléphone sous son oreiller. Justin ne répond pas. À presque quatre heures du matin, le contraire serait surprenant. Violette rédige un message en français académique (elle a quatre têtes d'adultes au-dessus de l'épaule) pour demander à Justin de rappeler s'il sait où est Thelma. Elle ajoute les numéros de Thierry et de Cécilia, qui notent de leur côté celui de Justin. Antonia offre des verres d'eau. Cécilia accepte, Thierry décline, et peu après ils repartent, en parlant de commencer par l'hôpital universitaire.

— C'est quel genre, ce Justin ? s'enquiert Nicolas après avoir refermé la porte.

— Le genre normal. Arrête, papa, c'est bon.

Antonia et Nicolas échangent un regard entendu qui met Violette en rogne. Elle retourne s'allonger, la main sur son portable. Quelle folie d'avoir abandonné son téléphone ! C'est comme si Thelma s'était tranché un membre. Ou la langue, voilà, plutôt : la langue. Sans portable, elles sont muselées toutes les deux, Thelma ne peut pas lui expliquer sa stratégie, Violette ne sert à rien.

Vers cinq heures du matin, sous la photo de profil de Justin, la mention « en ligne » apparaît enfin.

La nuit la plus courte

Albane ressemble à Jennifer Lawrence, en un peu plus moche quand même. Avec ses cheveux épais qui lui descendent au milieu du dos, elle ferait une bonne tête à coiffer en la sciant aux épaules. En tous cas, elle est très propre : elle est restée sous la douche au moins une heure, comme si elle attendait l'hôtel pour se nettoyer la crasse des ongles.

Billie se vautre sur les coussins du lit. À la télé, des filles en bikinis à paillettes débitent une quantité incroyable de gros mots à la minute avec un accent rigolo. Sur la chaîne suivante, un homme et une femme emboîtés l'un dans l'autre grognent comme deux sangliers.

— *Putain*, mais c'est pas vrai !

— Ils font un bébé ?

— Allez c'est bon, là, éteins.

— J'ai pas sommeil. Je dois attendre mon prochain cycle.

— Éteins, on va attendre ton cycle dans le noir.

— D'accord, mais on discute, sinon j'ai peur.

— … si tu veux.

— Bon, on discute de quoi ?

— Mais j'en sais rien ! Tu n'as qu'à me parler de ton école.

— Tu veux savoir si j'ai une maîtresse ?

— T'as forcément une maîtresse, non ?

— Tu crois que c'est obligé d'avoir une maîtresse ?

— Hein ?

— En grande section, j'avais un maître. Mais bon, cette année, c'est vrai que c'est une maîtresse.

— Bon… Et elle est gentille ?

— Elle est ultra méchante. Je passe plein de récrés sur le banc des punis. Mais ça va, les parents ne me grondent pas.

— Ah non ?

— C'est à cause de ma sœur. Tu la connais, ma sœur ?

Dans le noir, Billie entend un bruit un peu dégoûtant, ça ressemble à une aspiration de salive entre des dents.

— Je sais qu'elle s'appelle Thelma.

— Oui, avec un H. Et elle a une maladie mentale. C'est comme la folie, en moins grave, on guérit en général. C'est pour ça que les parents ne me grondent jamais, au cas où. Là, par exemple, elle a disparu et ils doivent la retrouver.

— Toi, tu ne t'inquiètes pas ?

— Si.

— Heu, oui, c'est normal. Mais je suis sûre que ça va aller.

En vrai, Billie s'inquiète surtout pour les parents. Thelma est solide comme du fil barbelé, elle est coriace. Coriace, Billie adore ce mot. Elle imagine un bec de toucan. Incassable et pointu, comme Thelma. Les autres, en comparaison, paraissent toujours un peu trop mous et tendres. Mais tout ça est compliqué à expliquer, et Albane n'a pas la tête à comprendre.

— Ils sont divorcés, tes parents ?

— Hein ? Heu, oui, ils ont divorcé quand j'étais bébé. Je ne les ai pas connus ensemble.

— Mais ils t'ont faite.

— Tu ne veux pas dormir un peu, là ? Il est bientôt trois heures.

— *Trois heures du matin ?* C'est mon record.

— Dis donc.

— Je veux bien dormir, mais on se lève à cinq heures. Pour que ce soit ma nuit la plus courte par les deux bouts.

— Cinq heures, O.K.

— Tu mets un réveil, hein ?

Albane soupire.

— Autre chose ?

— Heu, oui. Tu peux attendre que je dorme, avant de t'endormir ? J'aime pas être la dernière réveillée, ça me fait peur. *S'il te plaît*, Albane ?

Maman n'a pas dit d'être sage et polie, mais on n'est pas chez les sauvages ici.

Marimba

À cinq heures du matin, la sonnerie de son iPhone propulse Albane dans une réalité parallèle où elle est allongée, encore vêtue du short en jean brodé et du chemisier échancré de la veille, dans l'une des chambres où Thierry et elle ont leurs habitudes. Une gamine de six ans gît, bras en croix, en travers du lit, dans un pyjama de soie rose. Elle émet de temps à autre des ronflements pétaradants qui contrastent avec son allure de Princesse Sarah. Ni les notes entêtantes de *Marimba* ni la clarté de la lampe de chevet ne troublent le sommeil de l'enfant.

Thierry n'est pas revenu chercher sa fille.

Sur le portable d'Albane, aucun nouveau message.

C'est quand même incroyable ! Lui fourguer sa mioche en pleine nuit, sans consignes !

Est-ce qu'elle est supposée la raccompagner au domicile familial ? Billie doit connaître son adresse, ça rendrait sans doute service. Bien le moment de penser à rendre service. Elle devrait appeler les flics pour qu'ils viennent récupérer la gosse, oui ! Elle n'est pas monitrice de colo, non plus !

La gamine, en réalité, l'apitoie un peu.

— Billie ! Allez, Billie, réveille-toi, je te ramène chez toi.

L'enfant se recroqueville en position fœtale. Albane calcule : la chambre, une course de taxi de dix ou quinze kilomètres. Le minibar. Thierry n'aura pas effectué de crochet par la réception avant de suivre sa femme. Son budget loisirs trimestriel va y passer.

— Billie, tu as dormi à peine deux heures, c'est quasiment une nuit blanche.

Râle prometteur. Réception, carte bleue, taxi.

Un œil sur le compteur, l'autre sur son téléphone, elle avertit Thierry de leur arrivée imminente. Distribué, non lu. Le chauffeur s'arrête devant le portail ouvert des Gardel, insère en grommelant la carte bancaire d'Albane dans le terminal. Elle se demande ce qui se passera si le paiement est refusé. La machine ronronne, le ticket sort.

Elles descendent ; Billie sautille sur des pas japonais à travers une pelouse tondue au rasoir. Du jardin, Albane connaît mille détails : le hamac mexicain accroché au cerisier, la fontaine en pierre, les lames de bois sombre sur la terrasse. *Libellule96* suit le compte Instagram de Chemins de Campagne où, au détour des publications de Cécilia Gardel, elle grappille quelques images de Thierry en figurant de deuxième plan. Grappillait. Elle se désabonne tout à l'heure.

Billie agite la poignée de la porte d'entrée dans le vide.

— C'est fermé.

— Ils ne vont pas tarder, s'avance Albane.

Elle traverse la terrasse où trône une table en teck incrustée d'une coulée de résine bleue. Sur le côté de la maison, des blocs de granit forment une grotte artificielle. Est-ce qu'ils ont fait venir un convoi exceptionnel, une grue ? L'excès de sophistication du jardin crée une atmosphère suffocante, on y manque d'air et d'herbe. Billie se hisse sur une pierre plate.

— J'ai vu la balancelle bouger, il y a quelqu'un ! crie-t-elle.

Albane avance dans la direction que pointe la fillette. Elle croit d'abord apercevoir une créature monstrueuse, une sorte d'ogre au dos large perché sur des jambes maigrelettes, puis dissocie deux corps de sexes opposés. La première forme bondit hors de la balancelle. Ado chevelu, garçon. La deuxième, de corpulence plus délicate, prend appui sur les lattes du dossier pour se redresser péniblement.

— Thelma ! s'écrie Billie en accourant. Les parents te cherchent !

— Je sais. Qu'est-ce que tu fais ici, toi, tu viens d'où ?

— De l'hôtel.

— Hein ? De quel hôtel ?

— Papa était dans un hôtel, on est allé le chercher, et je suis restée avec elle, répond Billie.

Thelma fronce les sourcils.

— Pardon, mais vous êtes qui ?

— Albane. Je me suis occupée de ta sœur cette nuit, pendant que tes parents te cherchaient.

— Mais pourquoi à l'hôtel ? Je ne comprends rien.

Albane soutient le regard de Thelma. L'adolescent qui l'accompagne s'approche.

— Thelma, ça va ?

Albane met à profit la diversion.

— J'avertis tes parents que tu es rentrée.

— Justin a déjà prévenu, rétorque Thelma. Ils arrivent.

Albane déverrouille son portable. Thierry vient en effet de répondre à son message précédent : ils ont fait le tour des cliniques et des hôpitaux et sont en route vers la maison.

— Vous pouvez y aller, maintenant, je m'occupe de ma sœur.

Un sursaut d'orgueil pousse Albane à ne pas se laisser congédier par une ado fugueuse de quinze ans, dont on lui rebat les oreilles depuis des mois. De toute façon, le taxi est reparti, elle ne va pas s'enfuir en escarpins le long de la nationale ; la situation s'apparente déjà assez à la retraite de Russie. Elle a besoin de quelques minutes pour se retourner.

— Très bien. Je ne vais pas tarder.

Thelma pince les lèvres et rejoint son copain retranché sur un banc. Albane n'entend pas ce qu'ils se chuchotent.

Elle tente de débusquer sur la jeune fille les stigmates de la maladie. Elle a hérité de son père le front large, les yeux en amande, un menton pointu. Pas épaisse, certes : le cycliste de sport et le T-shirt technique ne dissimulent rien de sa maigreur, les muscles de ses jambes sont si dessinés qu'elle pourrait servir d'écorchée dans un cours d'anatomie. Son regard, pourtant, n'exprime ni fragilité ni instabilité. Albane ne repère pas la hauteur morbide des anorexiques qu'elle a croisées, la signature métallique des yeux. Non que Thelma incarne, à cet instant précis, l'allégresse, mais le contraire serait plus inquiétant sur le plan de la santé mentale ; entre le fiasco de son découché et le malaise que la présence d'Albane doit susciter, une humeur maussade apparaît justifiée.

Albane observe l'adolescente en quête d'un détail alarmant qui lui aurait échappé au premier examen. Elle s'attendait à nettement pire, à plus glauque ; au fond, elle se sent flouée.

Un bruit de moteur interrompt ses pensées, puis une deuxième adolescente échevelée passe devant elle comme une balle.

Au surgissement de Violette, la première question qui vient à Thelma est logistique.

— T'as eu le cinq heures cinquante-huit ?

Son amie roule les yeux.

— Mon père m'attend à l'entrée du lotissement. Qu'est-ce qui t'a pris d'abandonner ton téléphone ? Qui fait ça ? Heureusement que Justin a eu mes messages !

— Salut Violette.

Justin n'obtient en retour qu'un signe de tête pressé.

— C'est chaud, Thelmouille. Tes parents savent pour le marathon. Et pour le scoot.

— Ça va être un gros problème, le scoot ? s'inquiète Justin.

— Pas le plus gros.

Après la réponse un peu sèche de Thelma, Justin s'éloigne. Les deux amies se retrouvent en tête-à-tête. Le débit de Violette se calme, elle examine Thelma de haut en bas.

— Ça a l'air d'aller. T'as mal quelque part ?

— J'ai mal à des endroits où je ne savais pas qu'on pouvait avoir mal, mais c'était cool. Vraiment très cool. Enfin, sauf la fin, je te raconterai.

C'est seulement à cet instant que Violette semble remarquer la présence de l'étrangère. Elle interroge Thelma du regard.

— D'après Billie, elle était dans un hôtel avec mon père ce soir… Je croyais qu'il jouait au bridge. Et là, je sais pas, d'un coup la meuf surveille ma sœur, qui était censée être avec ma mère.

Le silence qui suit déplaît à Thelma. Elle préférerait que Violette n'interprète pas la situation de manière trop accablante. Elle tente d'atténuer l'effet général.

— Billie a sûrement mal compris.

Après tout, c'est très plausible.

Violette attrape obligeamment la balle au bond ; carrément, ne te prends pas la tête. Tiens, regarde Justin, tu l'as envoyé faire du shopping ? Il se croit chez Ikea, le gars, il *déambule*.

Un rire nerveux saisit Thelma.

— T'as dormi chez lui, alors ? Il s'est passé quelque chose ?

— Avec Justin ? Non. Presque, mais non.

— Attends, mais c'est déjà fou, *presque !* Je croyais qu'il sortait avec Inès, avec leur *seconde C*, tout ça…

Thelma hausse les épaules.

— Donc il ne s'est *presque* rien passé et il reste ici… ?

— On est arrivés en pleine nuit, il ne voulait pas me laisser toute seule.

— Erreur, tu ne serais pas seule… Tu as ton admiratrice ! Elle te mate sans arrêt. C'est *Coup de foudre sur la butte aux Chevreuils*. T'as remarqué ?

Thelma a remarqué. Il y a quelque chose de grisant dans la manière dont Albane la dévisage. Avec de la curiosité, presque de la fascination. Pas une once de compassion. Peu de gens regardent Thelma sans trace de pitié. Jusque-là, ils étaient deux : Violette, Faroy.

Trois, en comptant Soreil.

Peut-être quatre avec Justin.

Et maintenant cette étrangère. Une fille sortie de nulle part, qui n'annonce rien de bon, qu'elle détestera peut-être bientôt, qu'elle détesterait sûrement déjà sans ce regard auquel Thelma ne veut pas se soustraire. Il faut que la fille s'en aille, elle ne doit pas traîner ici. Et pourtant, malgré ses jambes flageolantes, l'envie de s'allonger, Thelma reste debout au milieu du jardin, exposée au regard insistant et hostile, précieux, de l'inconnue de l'hôtel.

Justin a ramassé ses deux casques par terre et bafouille qu'il va peut-être y aller, du coup.

Thelma ne l'entend pas.

Hier soir, devant Faroy, elle s'est jetée dans le vide. C'est la première fois qu'elle étale ainsi sa vulnérabilité, qu'elle renonce à tout contrôle sur les événements pour s'en remettre à une autre volonté que la sienne. Une volonté sur laquelle elle n'a aucune prise, et que tout – l'âge, la raison, la déontologie – incite à lui résister. À quel moment est-elle tombée amoureuse ? Au bar, le jour où il a mentionné son parcours avec l'alcool ? Lorsqu'il lui a proposé de l'inscrire à une compétition sportive ? Hier matin, quand il l'a laissée seule, confiant, avec sa part de gâteau sans résidus ? Cette nuit, quand il s'est occupé du coureur blessé, convaincu que Thelma deviendrait marathonienne avec ou sans lui ?

La construction s'est solidifiée petit à petit et, sitôt debout, s'est effondrée. Elle est amoureuse et cela ne résout rien. Elle perçoit la difficulté de ce qui vient, le manque qu'elle s'est volontairement créé.

Être amoureuse ressemble à un fiasco. Elle se retrouve vulnérable et dépendante, entièrement soumise au bon vouloir d'un tiers. *Oyez, oyez, l'Entraîneur est mort, vive le prof de sport !* Pas sûre que l'avancée soit majeure. Les endorphines ont été dégradées, plus rien n'émousse ce qu'elle ressent, elle subit de plein fouet l'humiliation, le rejet, le manque, l'impuissance ; c'est vertigineux de se découvrir si sensible.

Et Justin qui s'agite devant elle.

— Je laisse mon manteau, pour ta sœur ?

Billie s'est endormie sur la balancelle, emmitouflée dans sa parka.

— Oui oui, vas-y, pardon. Tu peux reprendre ton manteau.

— Ça va la réveiller. Je passerai le récupérer demain, tu me diras quand ça t'arrange.

Elle pourrait coucher avec Justin.

Jouer le lot de consolation ne semble pas de nature à le traumatiser. Un été suffirait pour que l'information se propage et normalise Thelma. À la rentrée, elle puiserait dans la nouvelle perception de ses camarades la force de guérir vraiment. Au fond, ce ne serait que revenir au plan initial. Alors pourquoi est-ce que l'enchaînement logique, limpide il y a quelques semaines, a perdu de son évidence ?

La voix d'Albane sort Thelma de ses réflexions.

Elle est tout simplement en train d'entreprendre Justin. Est-ce qu'il ne pourrait pas la rapprocher du centre-ville ? Outrée, Thelma cherche le regard de Violette – *le sans-gêne de la meuf ?* Justin accepte. Bien obligé, le pauvre. Albane s'empare du casque que portait Thelma en arrivant.

— Au fait, ta sœur n'a pas eu l'air de souffrir de la… situation. Si tu veux le dire à tes parents.

Que répondre à ça ? Thelma hausse les épaules et c'est déjà bien.

Violette rapproche deux transats et elles s'asseyent côte à côte.

Le vrombissement du scooter qui démarre ne réveille pas Billie. Le père de Violette apparaît à l'autre bout du jardin.

— Te voilà, Thelma ! Violette voulait s'assurer que tout allait bien pour toi.

— Je vais bien, merci, dit Thelma en se relevant. Mes parents arrivent.

— Tu n'as pas dû beaucoup dormir. Comme nous tous, du reste.

Thelma bafouille qu'elle est désolée pour le dérangement, vraiment.

— Eh bien, dans l'adversité, je dois dire que tu as meilleure mine que moi.

Elle ne sait que faire du commentaire. Nicolas Pichon marque une pause, puis il poursuit lentement, en la fixant :

— Tu as changé, depuis la dernière fois, non ? Si. C'est flagrant, je trouve. Écoute, ça fait plaisir. Tu passeras nous voir un peu, pendant l'été ?

Thelma se mord les lèvres à les percer, lutte contre les larmes qui montent, qu'il n'interprète pas de travers son émotion.

— Oui, d'accord, articule-t-elle.

— Bon. Tout le monde a l'air sain et sauf. On va peut-être pouvoir rentrer, Violette ?

Thelma embrasse son amie et la regarde partir avec son père. Elle va s'asseoir à l'extrémité de la balancelle, sur le petit emplacement libre à côté de Billie. Sa sœur dort en chien de fusil, sous le manteau que Justin reviendra chercher pendant les vacances. Les parents doivent déjà être sur la bretelle d'accès.

L'inconnue est loin. Comment aurait réagi sa mère, si elle l'avait croisée ? Thelma a besoin d'une mère qu'aucun événement ne terrasse, d'une mère un peu énervante, qui garde son cap vaille que vaille. Souvent Thelma s'agace de son opiniâtreté ; mais aujourd'hui, pourvu qu'elle reste à la hauteur du mythe. Les prochaines semaines seront chaotiques si Cécilia se révèle moins stoïque que ce qu'espère Thelma. La focale familiale va se décentrer, les problèmes des autres vont prendre le dessus.

La vraie vie s'annonce plus rugueuse que l'idée qu'elle s'en faisait. Mais qu'elle commence maintenant, Thelma en a la certitude. *Maintenant*, exactement : dans cette tristesse de diapositive, noire et brillante ; après le départ de Justin, d'Albane, et de Violette ; dans l'attente de ses parents abîmés.

Dans le silence de l'Entraîneur.

Pas besoin d'autres signaux.

Le prince Harry

10 h 37. Second réveil. Thelma émerge progressivement. Elle se raccroche à ses perceptions immédiates. La douceur du lit, sa vessie pleine, les gargouillements de son ventre. Elle n'a ni bu ni mangé depuis les sucres et la pulpe d'orange.

Si ! À l'arrivée, un bénévole lui a offert une gourde de compote, elle a tourné le bouchon en forme d'hélice, aspiré quelques centilitres de purée pomme-vanille, encore hébétée par ce qui venait de se produire.

Elle pose une main contre son ventre.

Étrange impression : la sensation de faim, si centrale d'habitude, si jouissive, est ravalée à ce moment précis au rang d'élément de contexte, presque de détail, dans une composition plus large.

L'Entraîneur ne crie pas à l'hérésie. Les événements de la nuit les ont submergés, elle et lui ; Thelma surnage, il n'a pas refait surface.

Quelques heures auparavant, les parents ont débarqué. Cécilia a traversé la moitié du jardin en courant, s'est immobilisée à quelques mètres de sa fille. Thelma s'est approchée, sans un mot Cécilia l'a enlacée. Thelma s'est blottie contre sa poitrine. Cécilia a resserré son étreinte. Thelma ne sait plus qui a commencé, d'où sont montés les premiers spasmes : des sanglots se mélangeaient sans qu'on distingue leur origine, et dans le dos l'une de l'autre, elles s'essuyaient le visage.

Le parfum habituel de sa mère avait dû se dissiper au cours de la nuit, et Thelma a retrouvé une odeur disparue, une odeur d'avant Billie, d'avant la butte aux Chevreuils et Chemins de Campagne, l'odeur des câlins dans le lit, du désinfectant pour les genoux, des malabars bigoût. Elles sont restées longtemps dans cette position. Personne ne les a séparées. Thierry se tenait en retrait, on aurait dit qu'il n'osait pas s'approcher, que ça aurait fait trop d'émotions au mètre carré, ou trop pour lui. Quand il s'est aperçu que Thelma le regardait, il a palpé sa veste, a sorti ses clés, et s'est dirigé vers la balancelle pour emporter Billie.

Assise sur le bord de son lit, Thelma ne s'étire pas. La raideur de ses jambes, elle aimerait la préserver le plus longtemps possible. Du bruit lui parvient d'en bas. Avec le secours du mur et de la rampe, elle se confronte aux escaliers. Jamais elle n'avait mesuré si précisément la complexité musculaire du parcours reliant sa chambre à l'étage inférieur. Quand elle pousse enfin la porte de la cuisine, elle trouve son père, les yeux cernés, occupé à remplir la bouilloire. Il a sorti du placard les bols bleus, le coffret d'assortiment de thés et la tasse à l'effigie du prince Harry et de Meghan Markle, la préférée de Cécilia. Celle-ci n'est pas levée, et lui n'a pas la tête de quelqu'un qui s'est couché. Les commissures de ses lèvres se soulèvent brièvement à l'approche de sa fille.

— Je ne te demande pas si tu as des courbatures… Assieds-toi, cow-girl.

Thelma s'agrippe au dossier de la chaise et abaisse avec précaution son centre de gravité.

— Et à part ça, ça va ?

— Ça va, confirme-t-elle.

Thierry murmure quelque chose d'inaudible, elle croit distinguer «rodéo» ; et Thelma ne sait pas s'il fait allusion à sa démarche arquée ou à ce qui les attend, en famille, à partir de maintenant.

Elle soulève l'opercule de son yaourt. Son père la regarde manger distraitement, ses yeux papillonnent, on dirait qu'il guette les bruits de la maison. Il s'éclaircit la voix, on doit avoir de la pommade pour les muscles dans l'armoire à pharmacie.

Il lui épargne le déplacement, dépose le tube sur son bouchon, à côté du paquet de céréales, puis le reprend pour le poser un peu plus loin.

— Billie et toi vous irez passer un peu de temps chez Mamie No et Papy Jacques. Je les ai appelés tout à l'heure.

Combien de temps? demande Thelma. Il ne sait pas. Le temps que les adultes se consacrent à leurs problèmes d'adultes. Le temps qu'il faudra. Quelques jours. Pas trop longtemps, il espère. En tout état de cause, il compte sur sa coopération. Même en présence de moussaka surgelée.

Elle soupire. Elle a compris, pas la peine d'en rajouter.

Elle a compris que le meilleur et le difficile commencent en même temps. Qu'elle ne se sentira pas toujours plus heureuse mais, à partir de maintenant, plus vivante.

Trois jours, elle peut ; trois jours, ça passe.

Thierry sourit, ce qui accuse ses cernes violacés. Trois jours, c'est déjà pas mal, canard.

FIN

FÉVRIER

MARS

AVRIL

MAI

JUIN

JUILLET

REMERCIEMENTS

À Sophie Bogaert, pour avoir cru en mon manuscrit dès notre heureuse rencontre.

À Benjamin Planchon, Dominique Gouteron, Olivier Scheibling, Patrick Charni, Pierre Hustache et à tous les habitués de la rue Péguy, pour leurs précieux retours mois après mois. Quel marathon ensemble, les amis !

Merci à mes formidables bêta-lecteurs, en particulier Rémi, Anne-Charlotte, Sandrine, Charlotte, Fanny, Maud, Gérald, Marie, Matthieu, Jmy, Vinciane et Alix pour leurs commentaires, toussotements et encouragements.

Merci à Olive d'avoir mis la charrue avant les bœufs.

Mes pensées vont à toutes les Thelma qui se trouvent encore au milieu du gué, et à ceux qui les aident de leur mieux dans leur traversée – avec ou sans excès de créativité.

Enfin, je remercie de tout cœur mes parents, Suzanne, Hélène, Diane, et le docteur Delpont pour leur soutien déterminant, il y a longtemps.

ÉDITION : SOPHIE BOGAERT
GRAPHISME DE COUVERTURE : MEANINGFUL
MISE EN PAGES ET FABRICATION : FORMAT TYGRE

CET OUVRAGE A ÉTÉ ACHEVÉ D'IMPRIMER
EN OCTOBRE 2022 PAR L'IMPRIMERIE LABALLERY

DÉPÔT LÉGAL : JANVIER 2023

(IMPRIMÉ EN FRANCE)